D0465239

COLLECTION
LITTÉRATURE JEUNESSE

DIRIGÉE PAR ANNE-MARIE AUBIN

LA CHAMPIONNE

LA CHAMPIONNE

VIVIANE JULIEN

ROMAN

Tiré du film
La Championne

Scénario de
Vasilica Istrate et Elisabeta Bostan

Réalisé par
Elisabeta Bostan

Photos par
Jean Demers

ÉDITIONS QUÉBEC/AMÉRIQUE

425, rue Saint-Jean-Baptiste,
Montréal, Québec H2Y 2Z7
(514) 393-1450

Données de catalogage avant publication (Canada)

Julien , Viviane

La Championne

(Collection Littérature jeunesse)
(Contes pour tous ; no 12)
Pour les jeunes.

ISBN 2-89037-542-0

I. Titre. II. Collection: Collection Littérature
jeunesse (Québec/Amérique). III. Collection:
Contes pour tous ; no 12.

PS8569.U48C52 1991   jC843'.54   C91-096570-6
PS9569.U48C52 1991
PZ23.J84Ch 1991

Dépôt légal:
3e trimestre 1991
Bibliothèque nationale du Québec
Bibliothèque nationale du Canada

Réimpression : février 1996

Montage: Caroline Fortin

CHAPITRE
1

C'était une radieuse journée d'automne, de celles qui accompagnent souvent la rentrée des classes. Les feuilles avaient commencé à virer au jaune or, à l'orangé et au rouge vermeil dans la petite ville roumaine de Livezi, alors que les enfants couraient dans le boisé qui entourait l'école.

Après les longues vacances d'été, c'étaient les joyeuses retrouvailles des copains qui s'échangeaient les nouvelles, se lançaient le ballon, faisaient la course entre les grands arbres en se bousculant un peu.

Une petite fille, pourtant, venait lentement, songeuse et silencieuse au milieu du chahut général. Elle répondait à peine

aux bruyantes sollicitations de ses camarades. Elle s'arrêta soudain, se pencha, puis ramassa une feuille dorée qu'elle serra très fort entre ses mains en fermant les yeux. Son joli visage tout rond, aux pommettes couleur de coquelicot, s'éclaira d'un chaud sourire. Elle secoua la tête, ce qui fit voler, comme des plumes autour de son front, ses deux petites couettes couleur marron, lisses et douces comme des noisettes.

— Eh, Corina, viens!

L'appel ne fit même pas sourciller la fillette perdue dans ses rêves. Elle ouvrit les mains et, l'espace d'un instant, la feuille se métamorphosa en une lourde médaille d'or que son imagination fit ruisseler de mille feux: la médaille olympique!

Une main se posa sur son épaule.

— Corina, bonjour!

Elle tourna la tête au son de la voix familière.

— Bonjour, Stéphane, dit-elle en laissant à regret glisser la feuille dorée de ses mains jointes. Tu as passé un bon été?

Ravi de l'invitation, le jeune garçon allait se lancer dans une description enthousiaste de ses vacances lorsque Corina posa sa main sur son poignet.

— Excuse-moi!

À quelque cent pas devant elle, Corina venait d'apercevoir Mitran, son entraîneur de gymnastique. Elle s'élança vers lui en trois bonds, fit une pirouette et atterrit sur ses mains à deux pas de lui. L'homme éclata de rire.

— Bonjour, Corina!

Elle sauta sur ses pieds en faisant une révérence et emboîta le pas à Mitran. Sans plus de préambule, elle demanda:

— Mitran, on fait un concours à l'école de Deva pour sélectionner les candidates en gymnastique, cette année?

Un éclair de surprise se peignit sur le visage de Mitran.

— Oui bien sûr, et alors?

Corina eut un rire espiègle.

— Et alors, je connais une de vos élèves qui adorerait se présenter au concours.

— Au concours de gymnastique?

— Mais oui!

— Tu aimerais vraiment te présenter au concours? demanda encore Mitran.

— Bien sûr!

L'entraîneur regarda un moment la petite frimousse rieuse de son élève. C'est vrai qu'elle était douée. Mais était-ce suffisant pour être acceptée à la fameuse école de Deva? Savait-elle seulement ce qui l'attendait?

Un gros ballon fit siffler l'air et roula aux pieds de Mitran. Une bande de jeunes garçons, dont Stéphane, se précipitèrent pour le récupérer.

— Bonjour, monsieur Mitran!

— Bonjour, entraîneur!

Mitran ramassa le ballon en riant et le lança avec force vers le sous-bois. Toute la bande repartit en pépiant comme une volée d'oiseaux.

— Tu viens, Corina? demanda Stéphane, dépité du peu d'intérêt que lui manifestait son amie.

Mais Corina regardait Mitran qui, sans en avoir l'air, réfléchissait.

— Tu sais, Corina, si tes parents avaient voulu que tu fréquentes l'école de Deva, il y a longtemps qu'ils auraient fait la demande...

Corina l'interrompit.

— Ils ne savent pas comme je suis douée, c'est tout...

L'entraîneur regarda les grands yeux suppliants de Corina.

— Tu as bien réfléchi? C'est vraiment ce que tu veux?

— Oui, absolument.

Le ton décidé de la petite fille fit sourire Mitran.

— Tu devras travailler très, très fort, tu sais, et pendant de très, très longues heures.

— Oui, je sais.

— Tu devras obéir au doigt et à l'œil.

— Oui.

— Tu auras des ampoules aux mains...

— Tant pis, je porterai des gants!

Mitran se tut pendant un long moment. Il savait que présenter une élève au concours de Deva était un aussi grand défi pour l'entraîneur que pour l'élève. Sa propre réputation était en cause.

— Tu sais, Corina, ça ne sera pas facile. Tu es plus âgée que les autres et tu devras travailler deux fois plus fort.

— Je sais.

— Lorsque tes amies iront jouer, tu devras rester au gymnase pour travailler. Tu pourras le faire?

— Oui, je pense.

— Et les pâtisseries? Les friandises? Tu seras capable d'y renoncer? Sans tricher?

Corina pouffa de rire. Si Mitran parlait de pâtisseries, c'est sûrement qu'il acceptait.

Elle appuya ses mains au sol et effectua une superbe culbute sous les yeux amusés de l'entraîneur.

— Ça ira, dit-elle, je n'aime pas les pâtisseries!

— Oh, vraiment? demanda Mitran, incrédule.

* * *

Corina exultait. Enfin, elle allait pouvoir réaliser son rêve... peut-être! Car une partie seulement de la bataille était gagnée, il fallait encore convaincre son père, et les timides tentatives qu'elle avait faites jusqu'à maintenant n'avaient donné aucun résultat. Pour le père de Corina, la gymnastique n'était qu'un jeu, certainement pas un travail sérieux. Mais avec l'aide de Mitran, peut-être?

La cloche avait à peine annoncé la fin des cours que Corina entraînait Mitran vers la scierie où travaillait son père. Un peu récalcitrant au début, l'entraîneur s'était finalement laissé gagner par l'enthousiasme et la détermination de Corina. Par son joli sourire aussi, peut-être?

De loin, elle aperçut son père juché sur l'énorme tracteur qui tirait une charge de bois au milieu d'un vacarme infernal.

— Papa! Papa!

La voix claire se perdit dans le bruit de ferraille. Tirant Mitran par la main, la fillette enjamba les piles de bois et courut vers son père en agitant le bras pour attirer son attention.

— Tu lui en as déjà parlé, bien sûr? s'inquiéta soudain Mitran.

Sans cesser de courir, Corina éclata de rire.

— Évidemment, mais il ne m'a jamais prise au sérieux. C'est vous qui pourrez le convaincre!

D'une main, Corina venait d'attraper une longue barre de métal tendue à quelques mètres du sol. D'un bond, elle se hissa en équilibre sur la barre et se remit à crier en faisant des mimiques.

— Un vrai petit singe, dit Mitran en riant.

Ce n'est pas la voix de Corina qui fit tourner enfin la tête de son père, mais la tache claire de son blouson coloré qui éclatait au milieu des couleurs ternes du chantier. La présence inattendue de sa fille l'inquiéta. Il arrêta la machine.

— Qu'est-ce qui se passe, Corina?

— Viens ici, dépêche-toi!

Elle sauta sur le sol et le père aperçut alors Mitran. Il devina aussitôt l'objet de la visite surprise et c'est avec beaucoup de réticence qu'il s'avança vers eux, malgré les gestes impatients de Corina.

— Bonjour, monsieur Tanase, commença Mitran, vous savez sans doute que Corina aimerait se présenter au concours de Deva et je suis persuadé qu'elle a...

Le père de Corina lui coupa la parole.

— Nous en reparlerons l'an prochain, Corina est trop jeune.

Corina protesta avec véhémence.

— Non, papa, je suis même trop vieille déjà!

Monsieur Tanase ne put s'empêcher de rire. Sa Corina, son bébé, trop vieille? Allons donc! Toujours en train de rire, de culbuter, de pirouetter... Ah, mais justement, il se rendit compte que ses réflexions prenaient un mauvais virage... pirouette en effet!

Il vit les grands yeux marron de sa fille qui l'imploraient. Mitran continua:

— Elle tente sa chance, c'est tout. Et si par hasard elle réussit à se faire accepter, vous pourrez alors décider...

— Tu vois, papa, ça ne t'engage à rien, c'est seulement le concours.

Le père hésitait. Il évita de regarder Corina.

— Deva est peut-être une très grande école de gymnastes, mais l'éducation de Corina est encore plus importante.

— Oh, là-dessus, vous n'avez rien à craindre, monsieur Tanase, ils ont aussi l'un des meilleurs programmes scolaires du pays.

À court d'arguments, le père se renfrogna un peu et haussa les épaules, maussade.

— Bien, à ton gré, si tu y tiens tellement, mais ne te plains pas si...

Il n'eut pas le temps de terminer sa phrase. Avec son agilité de petit singe, Corina lui avait sauté au cou et l'étouffait de ses deux bras.

— Merci, papa, tu es l'homme le plus extraordinaire du monde.

Aussitôt venue, aussitôt repartie. Corina courait maintenant en sens inverse avec Mitran. Surtout, ne pas s'attarder, il ne fallait pas que son père ait la possibilité de changer d'avis. Arrivée près de la route, elle se retourna et, du bout des doigts, elle envoya un baiser à son père qui la suivait des yeux, l'air songeur.

*   *   *

Les quelques semaines qui suivirent se révélèrent une véritable épreuve de force aussi bien pour Mitran que pour Corina. Lentement, la fillette découvrait que le passage du rêve à la réalité ne s'accomplit jamais sans heurt. Elle travaillait sans relâche, consacrant chaque seconde libre à parfaire les mouvements inscrits au programme du concours.

À son insu, Corina commençait à donner un sens nouveau à certains mots comme effort, espoir, ténacité, et à des mots comme inquiétude et appréhension aussi. Non pas qu'elle se perdît dans de longues et profondes réflexions, elle n'en avait ni le temps ni le tempérament, mais une ombre passait parfois sur son visage rieur, ce qu'avait tout de suite noté son père.

Au milieu du tourbillon sans fin des préparatifs du concours, Corina se sentait tantôt galvanisée par l'espoir de réaliser son rêve, tantôt épuisée par les longues heures de travail qu'elle s'imposait. Allait-elle décevoir Mitran? Voulait-elle vraiment

quitter sa famille, ses amis, sa petite ville pour s'exiler à cette école de Deva dont rêvent toutes les petites gymnastes roumaines? Un léger frisson parcourut les épaules de Corina. Pour la dixième fois, elle grimpa sur la barre et, sous l'œil attentif de Mitran, elle répéta l'exercice.

Chez Mitran aussi, ces dernières semaines avaient provoqué une certaine angoisse. Bien sûr, il s'était laissé enthousiasmer par le rêve de la petite, mais sans y réfléchir beaucoup. Il s'en voulait de n'avoir pas consulté son amie Dalia avant d'aller convaincre le père de Corina.

C'était la première fois qu'il présentait une élève au concours de Deva. Et si elle échouait, sa carrière à lui allait-elle en souffrir? Il sourit à Corina, qui venait de réussir un saut parfait et retombait droite et gracieuse au sol, un éclatant sourire aux lèvres.

— Ça suffit pour ce soir, Corina. Cours vite te reposer à la maison. Nous partons demain.

— Mes bagages sont prêts, dit Corina en regrimpant sur la barre.

Mitran l'arrêta d'un ton sec.

— Tu m'obéis au doigt et à l'œil, tu te souviens?

La mine piteuse de Corina fit presque sourire Mitran, qui la poussa doucement vers le vestiaire.

— À demain, Corina.

Mitran ramassa ses effets. La porte s'ouvrit au moment où il se dirigeait vers la sortie.

— Ah, Dalia!

— Oui, je t'invite à souper ce soir.

— Merci, c'est gentil. J'accepte avec plaisir.

*   *   *

Mitran et Dalia se connaissaient depuis leurs années de collège. Leurs goûts communs les avaient tous deux orientés vers l'enseignement, mais alors que Dalia s'était spécialisée en géographie, Mitran avait opté pour l'éducation physique. C'est un peu par hasard qu'il était devenu entraîneur de gymnastique, d'ailleurs. À cette époque, l'éblouissant succès de Nadia Comaneci aux Jeux olympiques de Montréal avait rivé les yeux du monde entier sur l'école de Deva, qui devint presque aussi célèbre que la petite médaillée d'or roumaine. Mais n'entrait pas qui voulait à cette école, ni élève ni entraîneur. Dans les deux cas, et pour des raisons différentes, c'était un peu la consécration. Or l'entraîneur savait fort bien que c'était l'enjeu de l'équipe Mitran-Corina.

Il venait de terminer un bon repas en compagnie de sa chère et précieuse amie. Sans qu'il eût vraiment besoin d'exprimer ses craintes, Dalia l'avait rassuré, encouragé.

— Va dormir, Mitran. Tu dois être en grande forme demain.

— C'est précisément ce que j'ai dit à Corina!

Ils se quittèrent dans les éclats de rire.

CHAPITRE
2

Le quai de la gare était encombré de bagages. Les voyageurs fébriles attendaient le train qui tardait à arriver. Les adieux s'éternisaient, et Corina s'énervait entre Mitran qui rassurait son père et son père qui l'exhortait à la prudence.

Soudain, un visage connu attira l'attention de la fillette. Ravie de la diversion, elle s'écria:

— Mademoiselle Dalia! Qu'est-ce que vous faites ici?

— En voilà une question! Je viens te souhaiter bonne chance, bien sûr!

Dalia échangea un regard complice avec Mitran.

Mais toutes les têtes se tournèrent au même moment vers une silhouette qui venait d'apparaître sur la voie ferrée. Dalia s'exclama:

— Non mais, regardez-moi qui vient là! Stéphane, tu es censé être en classe, qu'est-ce que tu fais ici?

Le garçon jeta un regard en coin à Corina et prit l'air le plus angélique du monde pour répondre.

— Ben, c'est pour ce voyage imaginaire autour du pays, Mademoiselle, vous avez dit de faire preuve d'originalité, alors je suis venu chercher l'horaire des trains pour que ça fasse plus vrai.

Corina dissimula un rire nerveux en s'approchant du garçon.

— Bonne chance, Corina, chuchota Stéphane.

— Merci d'être venu me dire au revoir, c'est gentil.

Personne ne comprit très bien pourquoi Mitran éclata soudain d'un grand rire. Il venait soudain de s'apercevoir que ni Dalia ni Stéphane n'avaient donné la bonne raison de leur présence à la gare. C'est à lui surtout que Dalia venait souhaiter bonne chance, et quant à l'horaire des trains de Stéphane, il fallait y penser! Grâce au ciel, il n'eut pas à donner d'explication: le train venait d'entrer en gare!

*   *   *

Pendant ce temps, à l'autre bout de la ville, une autre petite fille vivait aussi l'effervescence du départ. Maria Vasilescu, sans le savoir, partageait le même désir que Corina: être admise à Deva.

Aussi calme et posée que Corina était enjouée, Maria était pourtant nerveuse en terminant ses bagages et Dan, son petit frère de huit ans, n'arrangeait pas les choses avec sa manie de se planter dans son chemin et de mettre son grain de sel à tout propos.

— J'imagine que tu vas apporter la tondeuse à gazon aussi? T'as déjà mis la moitié de la maison dans ton sac! Tu pars seulement pour deux jours, tu sais, c'est pas la fin du monde!

Maria, normalement patiente, le poussa du coude.

— Tu te trouves drôle? Qu'est-ce que tu en sais de toute façon? Si je suis acceptée à Deva, tu ne me reverras plus d'ici longtemps. Tu m'énerves à la fin. Déguerpis!

Avec des gestes saccadés, Maria essayait d'introduire un blouson dans son sac déjà rempli à craquer. D'une voix douce, sa mère demanda:

— Tu crois vraiment en avoir besoin, Maria?

— Oui!

La sonnerie du téléphone interrompit la discussion. La mère décrocha.

— Ah, bonjour, c'est toi, mon chéri...

— C'est papa? demanda Maria en courant au téléphone.

— Oui, c'est lui... Non, non, comme tu vois nous sommes toujours là, mais nous partons aussitôt que grand-mère arrive. Voilà, je te passe Maria.

Maria saisit l'écouteur.

— Papa? Je n'ai jamais été aussi énervée. Nous partons dans quelques minutes pour Deva et c'est grand-mère qui conduit...

— Et surtout, ne t'en fais pas, Maria, c'est seulement un concours, pas la fin du monde.

— Mais c'est important, papa!

— Bien sûr et je te souhaite bonne chance, ma fille.

Maria émit un petit rire moqueur.

— Et moi, je te souhaite bon appétit... c'est Dan qui prépare ton souper ce soir!

Maria raccrocha en évitant de justesse une bourrade de son frère.

Quelques instants plus tard, ses gros bagages dûment casés dans le coffre de la voiture familiale, Maria partait aussi pour Deva.

*   *   *

La confusion régnait à l'école de gymnastique de Deva où les candidates au concours arrivaient les unes après les autres.

Elles venaient des quatre coins du pays, les unes accompagnées d'un professeur, d'autres d'un parent ou quelquefois même de la famille tout entière.

Accompagnée de Mitran, Corina arriva à son tour à la barrière de l'école et fut impressionnée par l'activité qui régnait là.

Tout à coup, Mitran s'exclama, surpris:

— Lili? Lili Oprescu?

Une jeune femme rousse tourna la tête en entendant son nom. D'un air distrait, elle répondit:

— Oui, bonjour, monsieur.

— Vous ne vous souvenez pas de moi? demanda Mitran. Nous étions à l'école ensemble, il y a un bon moment déjà...

La jeune femme haussa les épaules, avec un superbe air d'indifférence.

— Oh non, pas vraiment, désolée!

Puis, sans plus prêter attention à Mitran, elle se dirigea vers la porte de l'école.

Ébahie, quelque peu intimidée, Corina avait tout observé sans dire un mot. Elle se sentit bien seule tout à coup, au milieu de cette activité fébrile qui semblait ne pas du tout la concerner. Qui était donc cette Lili à qui tout le monde semblait vouer la plus grande admiration? Elle n'eut pas le loisir d'interroger Mitran, car un homme s'était vivement avancé vers lui, les bras grands ouverts.

— Mon vieux Mitran! Je ne savais pas que tu présentais une élève!

Mitran éclata de rire en serrant la main de son ami.

— Je ne le savais pas moi-même il y a deux semaines, dit-il en ébouriffant les cheveux de Corina. Et toi, alors? Tu m'as fait des cachotteries aussi? Il faut bien travailler dans la même ville pour ne pas se voir plus souvent, c'est une honte!

— Tu as raison, admit Marion en poussant la fillette qui l'accompagnait vers Corina. C'est Maria Vasilescu.

Le visage de Corina s'éclaira.

— Tu es de Livezi? demanda-t-elle en tendant la main à la nouvelle venue.

— Oui, dit Maria, c'est drôle qu'on ne se soit jamais rencontrées... Voilà ma mère et ma grand-mère.

Corina salua les deux femmes d'un éclatant sourire.

— Bonjour, Corina, dit madame Vasilescu. Tu veux devenir gymnaste aussi?

— Eh oui, dit Corina en riant.

— Alors, bonne chance à toi aussi, dit grand-mère.

Puis se tournant vers Maria, elle ajouta:

— Mais n'oublie pas, Maria, tu es la meilleure.

Vaguement mal à l'aise, Maria leva les yeux au ciel, l'air de dire:

— Oh, les grand-mères!

Corina éclata de rire. Bizarrement, Corina avait aussitôt ressenti un immense soulagement en apprenant que Maria habitait la même ville qu'elle. Son sentiment de solitude venait de disparaître comme par enchantement. Dans ce mystérieux Deva qui lui était étranger, parmi des gens qu'elle ne connaissait pas, Corina était ravie d'avoir quelqu'un avec qui échanger ses impressions, partager ses expériences. Manifestement, Maria l'était aussi. D'emblée, une vive sympathie avait rapproché les deux fillettes, qui s'installèrent sur un banc et s'engagèrent aussitôt dans une longue conversation animée.

Et ce fut tant mieux, car elles n'entendirent pas les propos qu'échangeaient les deux entraîneurs à quelque distance.

— Tu sais, dit Marion, il ne faut pas trop se faire d'illusion. Quand Lili Oprescu est membre d'un jury, même les championnes passent un mauvais quart d'heure, et encore plus si elles ne sont pas ses élèves...

Mitran l'interrompit, indigné.

— Tu n'insinues quand même pas qu'elle fait des passe-droits pour ses élèves?

Marion eut un petit rire ironique.

— Oh non! Seulement, elle ne pardonne

rien aux autres...

— Mais pourquoi essaierait-elle d'intimider les candidates? Elle a été débutante, elle aussi, un jour.

Marion haussa les épaules.

— Tu oublies qu'elle a été championne aussi, et le succès ne sied pas à tout le monde. La célébrité parfois, mon vieux, ça te change une personnalité, tu peux pas savoir. Tu n'as pas revu Lili depuis combien de temps?

— Depuis l'école, répondit Mitran avec réticence.

— Eh bien, voilà! s'exclama Marion, elle a changé.

Mitran était sidéré. S'il y avait un problème qu'il n'avait pas prévu pour Corina, c'était bien celui-là.

Il jeta un coup d'œil aux deux fillettes qui causaient toujours avec animation. Rien ne devait miner la belle confiance de Corina, décida Mitran.

— Allons-y, dit-il à son ami, nous verrons bien.

L'activité avait quelque peu diminué dans la grande cour de l'école à mesure que les filles entraient s'inscrire au concours, en laissant les parents angoissés derrière elles. Mitran s'approcha de la fillette.

— Ça y est, Corina, on y va.

Corina bondit aussitôt sur ses pieds en

attrapant son sac de voyage. Elle suivit Mi-tran qui marchait d'un pas décidé.

— À plus tard, Maria.

— Bonne chance, lui cria sa nouvelle amie.

La confusion régnait dans l'école pendant que les entraîneurs s'affairaient à inscrire leurs élèves et que celles-ci revêtaient leurs costumes dans le vestiaire. La grande salle d'entraînement était déjà à moitié remplie par les premières arrivées qui effectuaient des exercices de réchauffement, les unes à la barre fixe, les autres aux barres parallèles ou en équilibre sur le cheval-sautoir.

Vêtue de son maillot rouge et blanc, ses deux couettes solidement attachées par un ruban de chaque côté de la tête, Corina entra à son tour. Sans une seconde d'hésitation, elle plongea au sol sur ses deux mains et bascula les jambes en l'air en exécutant une parfaite culbute. Mais elle ne put pratiquer très longtemps, pas plus que les autres élèves d'ailleurs, car on installait la table d'où les quatre juges allaient mesurer la compétence des candidates.

Deux hommes et deux femmes, dont Lili Oprescu bien sûr, y disposaient leurs fiches de notes. Une voix d'homme s'éleva dans la salle.

— Attention, que tout le monde se regroupe ici immédiatement.

Aussitôt, les gymnastes retombèrent sur leurs pieds et coururent en silence vers l'organisateur qui, liste en main, assignait une place à chaque candidate.

Très manifestement, l'heure n'était pas à la détente: tous les petits visages étaient sérieux, concentrés, voire même angoissés. Ce n'est pas par hasard que l'on parle «d'épreuves» sportives.

Un profond silence régnait dans la salle, comme le calme avant la tempête. Chacune à sa place, les gymnastes attendaient les dernières instructions de l'organisateur.

— Que chaque élève se nomme en se

présentant devant les juges...

Appuyés au mur, tout au fond de la salle, Mitran et son ami Marion semblaient, eux aussi, plongés dans de profondes réflexions. En cet instant, ils ne pouvaient plus rien pour leurs protégées, sinon les encourager mentalement.

L'organisateur avait remis la liste des candidates à Lili qui, d'un geste, annonça le début du concours. La première élève exécuta les mouvements au programme, puis une deuxième, une troisième et ce fut le tour de Maria.

Discrètement, Corina, qui la suivait, lui fit le geste de la victoire. Maria sourit et s'avança devant la table des juges. Elle prit son élan, posa ses mains bien à plat sur le sol, monta les jambes très droites, à la verticale, et... trébucha au moment de retomber sur ses pieds. Imperturbable, elle reprit l'épreuve, parfaitement réussie cette fois.

Sans un mot, les juges notaient les élèves sur la fiche étalée devant eux.

Corina avait sourcillé en voyant le léger accroc de son amie, mais le moment n'était pas à la réflexion, c'était son tour. D'un pas sautillant, alerte, elle s'avança devant la table des juges. Elle exécuta la culbute sans anicroche, puis la deuxième épreuve au programme avec le même sang-froid. Sans tourner la tête vers les juges, elle regagna sa place, un léger sourire aux lèvres.

L'une des juges murmura à l'oreille de Lili.

— Cette petite semble douée.

— Pas de commentaire, répondit Lili d'un air hautain.

Cette jeune dame n'aimait décidément pas qu'on lui suggère quoi penser...

Le concours dura quelques heures. L'une après l'autre, les candidates se succédaient, exécutant les épreuves sous les yeux attentifs de leurs entraîneurs et de leurs camarades, et des juges, bien entendu.

À mesure que passait le temps, la fatigue et l'inquiétude se faisaient plus visibles sur tous les visages. Les filles attendaient l'issue du concours avec de plus en plus d'impatience. Elles savaient que d'un seul mot, ces quatre adultes pouvaient décider de leur avenir. Être ou ne pas être acceptées à la fameuse école de Deva...

La cloche sonna enfin l'arrêt des épreuves. Aussitôt, les fillettes se placèrent en rang, par groupes d'âges, devant la table des juges. Lili se leva. Lentement, presque solennellement, elle alla de l'une à l'autre, comme pour vérifier une dernière fois ses impressions. À l'une elle souriait, à l'autre elle relevait le menton d'un geste autoritaire. À quelques-unes des fillettes, elle demanda de redire leur nom. Puis elle s'arrêta devant Corina et lui tendit la main. Corina hésita un instant, prise au dépourvue, puis présenta la main à Lili qui, aussitôt, secoua la tête.

— Pas comme ça. Je veux une main ferme, serre fort. Et regarde-moi.

Corina n'hésita pas une seconde. Elle fixa Lili sans sourciller et pressa fermement sa petite main sur la main de Lili.

— Beaucoup mieux, dit Lili. Et maintenant, dis-moi, quelle impression as-tu de moi?

Un sourire narquois plissa les yeux de Corina.

— Vous avez l'air de savoir ce que vous

voulez... et comment l'obtenir.

Lili ne put s'empêcher d'esquisser un sourire.

— C'est une réponse directe! Tu viens de la Moldavie?

— Oui.

— Quel âge as-tu?

— Euh, neuf ans.

— Vraiment?

— En fait, plutôt dix!

Lili hocha la tête.

— Déjà un peu vieille, hein?

— Et vous alors? s'exclama Corina, mi-railleuse, mi-insultée.

— Oui, oui, dit Lili en s'éloignant vers une autre fillette.

Au grand soulagement des entraîneurs autant que des candidates, Lili mit fin à sa tournée et les fillettes quittèrent la salle comme des oiseaux qu'on libère de leurs cages. Le vestiaire fut bientôt rempli de leurs pépiements.

Maria et Corina furent parmi les premières à envahir la cour de l'école où les parents nerveux attendaient les résultats.

— Et alors? demanda grand-mère dès qu'elle aperçut Maria, ça s'est bien passé?

— Oui, je crois, mais nous ne savons rien. On nous a dit d'attendre ici.

— Vous avez sûrement été parfaites, toutes les deux, s'exclama la mère de Maria.

Corina sourit et entraîna son amie sur un banc de la cour.

— Qu'est-ce que tu crois? demanda-t-elle.

— J'aime mieux ne pas y penser. Attendons nos profs...

— Allons donc! s'exclama Corina, bien sûr que nous avons réussi!

Mais les profs attendaient aussi, pendant que les quatre juges délibéraient. Le temps s'étirait comme la tire d'érable du Québec sur la neige blanche.

Mitran et son ami Marion surveillaient depuis un bon moment le tableau d'affichage lorsque les résultats parurent enfin. Si les filles avaient pu voir la déception sur leurs visages, elles auraient tout de suite compris: elles étaient refusées!

— Pas possible, cria Mitran, Corina est excellente! Cette fille se croit la seule à pouvoir juger d'un talent? Je vais lui parler...

Marion lui serra le bras.

— Attends, tu ne gagneras rien avec la colère. C'est elle qui est juge. Et si par hasard Corina était admise, ce serait elle, son entraîneur...

Excédé, Mitran allait rétorquer au moment où il aperçut Lili au bout du couloir.

— Viens, dit-il à Marion.

Il marcha vers la jeune femme qui venait lentement, entourée d'une nuée d'admirateurs. Mitran arrêta à deux pas d'elle.

— Je peux vous parler un instant?

— Si c'est pour discuter des résultats, c'est inutile, répondit froidement Lili.

Même Marion fut choqué. Il s'interposa.

— Oh, tout de même, le moins que vous puissiez faire est de nous donner quelques explications...

Lili eut un soupir d'agacement et répondit de mauvaise grâce.

— C'est pourtant simple, nos élèves doivent être assez douées pour se classer aux Jeux olympiques, et ce n'est pas le cas de vos candidates. Une championne doit avoir plus que du talent, Messieurs, et vous devriez le savoir puisque vous êtes entraîneurs. Ce n'est pas une colonie de vacances ici...

Lili avait débité sa tirade d'un trait, sans même reprendre son souffle. Mitran était devenu blême, mais c'est Marion qui s'exclama:

— Eh, justement, si elles étaient déjà championnes, elles n'auraient pas besoin de votre école, qui existe précisément pour les former!

— Vous auriez pu leur donner une chance, dit Mitran, nous savons qu'elles ont le talent...

La voix cassante et ironique de Lili retentit aux oreilles de Mitran comme un coup de fouet.

— Si vous êtes si convaincus de leur talent, formez-les vous-mêmes! Revenez l'an prochain, nous verrons bien...

Entourée de sa petite cour qui avait suivi le vif échange en silence, Lili tourna le dos aux deux hommes et s'éloigna rapidement dans le couloir.

Mitran et Marion se regardèrent un instant, décontenancés. Une foule de sentiments défilèrent en accéléré sur leurs visages comme un film qui tourne à la mauvaise vitesse: la rage, l'humiliation, le dépit, la déception, puis une ombre de détermination... Marion éclata de rire.

— Eh bien oui! Pourquoi pas?

Mitran comprit aussitôt.

— Nous pourrions le faire, tu penses?

— Absolument! Nous pourrions même créer une école ensemble, à la limite.

Mitran posa la main sur l'épaule de son ami.

— Oui, peut-être que ça vaut la peine d'y penser, mais pour l'instant, il faut annoncer la mauvaise nouvelle aux filles et j'en ai mal au cœur pour Corina.

— Je sais, dit Marion, moi aussi pour Maria, mais il faut y aller.

Corina ne vit pas son entraîneur venir vers elle, occupée qu'elle était à se moquer de Lili avec sa toute nouvelle amie.

— Pas comme ça. Je veux une main

ferme... disait Corina en singeant la voix et l'expression de Lili.

Mais ce fut son expression à elle qui changea brusquement lorsqu'elle aperçut le visage de Mitran. Corina comprit aussitôt. Mitran n'eut même pas à prononcer une parole, son silence était assez éloquent. D'ailleurs, à deux pas d'eux, Marion confirmait la nouvelle à la mère de Maria, qui protesta énergiquement.

— Refusées toutes les deux? Mais c'est impossible!

Immobile sur son banc, Corina avait baissé la tête. Son grand rêve basculait.

— Viens, dit Mitran, nous partons.

Lentement, comme une automate, Corina se leva, ramassa ses bagages et prit le chemin de la gare avec son entraîneur.

Inutile de dire la tristesse du voyage de retour. Tous les espoirs de Corina s'effondraient et pour la première fois de sa vie, elle donnait un sens au mot défaite. Sa nature enthousiaste, résolue, un peu frondeuse, pas plus que ses bons résultats scolaires et son talent pour la gymnastique ne l'avaient préparée à subir des échecs. Au contraire, Corina considérait le succès comme faisant partie de l'ordre normal des choses, même sans trop d'efforts. Aujourd'hui, soudainement, tout s'écroulait.

Le front appuyé à la fenêtre du train,

Corina regardait sans voir, perdue dans ses sombres pensées. Mitran respecta son silence pendant un long moment, puis enfin, doucement, il murmura:

— Je comprends très bien ta déception, Corina. Je suis aussi déçu que toi, mais, tu sais, c'est peut-être mieux comme ça...

Corina bondit sur son siège et ouvrit la bouche pour protester.

— Si, si, dit Mitran. Nous reviendrons à Deva.

Il n'exprima pas ce qu'il pensait «et tu seras prête parce que tu auras maîtrisé ton corps et ton esprit». Il se contenta d'ajouter:

— J'ai des projets pour toi, tu verras.

Corina sourit à travers les larmes qui coulaient doucement sur ses joues.

CHAPITRE
3

La vie quotidienne avait vite repris son cours pour Corina. En fait, elle n'était pas loin de penser que Mitran avait eu raison... c'était en effet beaucoup mieux comme ça. Que pouvait-elle souhaiter de plus? Mitran et son ami Marion avaient mis sur pied leur propre école de gymnastique, où Corina pouvait travailler tous les jours avec Maria et d'autres gymnastes de sa ville sans avoir à quitter sa famille, ses amis, ses habitudes. Elle était ravie, et ses parents aussi, d'ailleurs. Mais personne, peut-être, n'avait été plus heureux du retour de Corina que... Stéphane. Pauvre Stéphane, son bonheur avait été de bien courte durée, car il n'arrivait plus à voir Corina, qui n'avait pas une minute de libre. Aussitôt ses cours terminés, elle courait à sa classe de gymnastique, puis rentrait à la maison, souvent courbaturée par de longues heures de pratique.

D'ailleurs, Corina n'avait jamais eu beaucoup de temps pour Stéphane, même si elle l'aimait bien. Dans sa tête, son cœur et ses priorités, il venait très loin derrière sa passion: la gymnastique. Si au moins Stéphane avait eu quelque talent, il aurait pu partager sa passion, mais pas du tout. Pour faire la culbute, il était aussi nul qu'un sac de farine. Son rêve à lui, c'était le football, mais Corina n'avait aucune envie de perdre une minute de son temps précieux pour le regarder jouer au football. Et Stéphane était triste.

Beau garçon, gentil, généreux, Stéphane était pourtant timide et beaucoup moins sûr de lui qu'il n'y paraissait. Il s'éclipsait facilement devant la frondeuse petite Corina, qui ne se privait pas de se moquer de ses maladresses à l'occasion, sans se rendre compte qu'elle le blessait. Stéphane ne savait pas bien se défendre et poursuivait ses tentatives pour intéresser et capter l'attention de Corina.

Ses grands yeux marron, ses cheveux sombres coupés courts, dont les mèches se dressaient sur sa tête comme autant de petites grappes, lui donnaient l'air comique.

Ce jour-là, le soleil était éclatant. Il brillait si fort en cette fin d'automne qu'il semblait même s'être trompé de saison. Samedi. Jour libre, sauf pour les petites gymnastes, évidemment.

Corina et ses copains, car quelques garçons étaient aussi inscrits à l'école, traversaient le parc qui menait au studio de gymnastique un peu plus lentement que d'habitude, peut-être à cause du soleil. On bavardait, on riait, on avait manifestement beaucoup plus envie de folâtrer dans les tas de feuilles mortes qui tapissaient le sol de leurs mille couleurs que d'aller s'enfermer dans le studio de Mitran et Marion.

Tout à coup, deux bras saisirent la taille de Corina par derrière. Elle n'avait pas vu Stéphane qui, dissimulé derrière un gros arbre, la regardait venir depuis un bon moment et n'attendait que l'occasion. Les deux roulèrent par terre, puis ce fut la mêlée au milieu de grands éclats de rire. Une mêlée qui dura à peine quelques instants d'ailleurs, car la vive et agile Corina se dégagea d'un bond et partit en courant.

— Eh, Corina, attends! Attends-moi!

Mais Corina avait filé comme une gazelle et grimpait déjà les marches du studio, laissant Stéphane pantois et indécis au bas de l'escalier. Corina avait disparu.

Les autres fillettes, dont Maria, arrivèrent à leur tour en se moquant un peu de l'air déconfit de Stéphane. Lorsqu'elles eurent disparu à leur tour, il s'assit sur la dernière marche, la tête dans sa main. Il réfléchissait.

* * *

La salle de cours que Mitran et son ami Marion avaient aménagée était relativement petite, mais ses murs clairs, fraîchement peints, et ses grandes fenêtres compensaient largement. Tout l'équipement nécessaire y avait été installé: la barre fixe de presque un mètre de hauteur, les barres parallèles, les barres asymétriques, la poutre d'équilibre, le cheval-sautoir, les anneaux accrochés au portique de métal et bien sûr les inévitables tapis de chute et les gros coussins moelleux où les gymnastes pouvaient retomber sans crainte de se blesser.

Près des barres, on avait également disposé des bacs de poudre blanche crayeuse dont les gymnastes s'enduisaient régulièrement les mains pour assurer une meilleure prise sur les barres de métal.

Les deux entraîneurs étaient assez fiers de leur classe et même si les enfants y travaillaient avec le plus grand sérieux, l'atmosphère était sympathique.

Tous les élèves avaient revêtu leur costume et on s'était déjà mis à l'œuvre. Dans son maillot noir et blanc, svelte et élégante, Corina avait commencé ses exercices à la barre fixe. Le visage profondément concentré, tous ses mucles tendus par l'effort, elle exécuta un bond et ses doigts s'enroulèrent fermement autour de la barre. D'un coup de rein, elle projeta ses jambes à la verticale et roula sur la longue tige, son corps léger un moment suspendu dans le vide comme un oiseau, puis elle roula sur elle-même et ses mains lâchèrent prise; elle tomba lourdement sur le tapis. Une grimace de frustration se dessina sur son visage. Sans une seconde d'hésitation, elle bondit sur ses pieds et revint à son point de départ... puis recommença.

Autour d'elle, les mouvements des autres se répétaient, constants, avec plus ou moins de succès. Marqué uniquement par les halètements, les pieds qui retombaient pesamment sur le sol, le silence dominait la salle.

Appuyé près de la porte, Mitran observait. Ses yeux parcouraient la pièce, mais revenaient constamment sur Corina. C'est pour elle qu'il avait créé son école; c'est sur elle qu'il avait tout misé. Il croyait en son talent, en sa capacité de réussir. De loin, il examinait chacun de ses mouvements, l'œil critique. Ce n'est pas facile de demeurer neutre et objectif lorsqu'on a mis toute sa foi et tout son espoir en quelqu'un.

Corina ne voyait pas Mitran, mais elle sentait son regard, et sa tension grandissait à chaque erreur qu'elle faisait. Elle délaissa la barre et rejoignit Maria qui travaillait sur la poutre d'équilibre. Un moment, elle la regarda virevolter sur l'étroite barre de bois. Maria exécuta deux parfaites culbutes et retomba bien à plat sur le sol.

— Bravo, chuchota Corina.

Maria sourit et, d'un geste, invita son amie à grimper sur la poutre, mais soudain, avec un bruit sec, la porte du gymnase s'ouvrit. Les fillettes tournèrent les yeux.

Une tête ébouriffée parut, doucement poussée par une femme. Souriante, Dalia encourageait Stéphane.

— Demande-lui, tu verras bien!

Timidement, Stéphane avança de quelques pas. Évidemment, son irruption avait aussi attiré l'attention de Mitran. Il vint aussitôt vers Dalia en riant.

— Alors, tu m'amènes un spectateur?

— Mais non, un nouveau gymnaste... dit Dalia.

Incrédule, Mitran regarda Stéphane.

— C'est sérieux?

Pour toute réponse, Stéphane éternua bruyamment, ce qui eut pour effet de déclencher un éclat de rire général.

Corina ne put s'empêcher de s'esclaffer

elle aussi en voyant la tête de Stéphane.

— Et pourquoi pas, Chou-Fleur? sourit Mitran en décochant une chiquenaude sur la tête de Stéphane. Tu es le bienvenu, voyons ce que tu peux faire!

Dalia adressa un sourire reconnaissant à Mitran, alors que Corina, mal à l'aise sans trop savoir pourquoi, se joignait à ses copines qui rigolaient de la gaucherie de Stéphane.

Corina ne savait pas encore qu'il est très difficile d'accepter que les autres soient différents de soi. Elle ne comprenait pas que sa grande passion pour la gymnastique n'était pas nécessairement partagée par les autres, qui pouvaient avoir des ambitions distinctes mais tout aussi valables.

— Ça va, cria Mitran. Silence! Tout le monde au travail!

Les rires cessèrent instantanément et chacun reprit ses exercices pendant que Stéphane allait discrètement revêtir son costume. Mitran s'approcha de Dalia.

— Qu'est-ce qui arrive à Stéphane? Il vient de se découvrir un talent pour la gymnastique?

Dalia leva les yeux au ciel. Ce que les hommes pouvaient être lents à comprendre, quelquefois! Elle sourit.

— On se voit ce soir?

— Bien sûr, dit Mitran en riant, même endroit, même heure!

Il se retourna brusquement lorsqu'il entendit Corina trébucher en exécutant une culbute sur la barre d'équilibre. Il se précipita vers elle.

— Pas comme ça! Combien de fois je t'ai répété de te concentrer avant d'amorcer un mouvement? Un canard aurait pu faire la même chose!

Penaude, Corina baissa la tête.

— Je t'ai expliqué cent fois que pour réussir ton saut, ce n'est pas d'où tu pars qui compte, mais là où tu veux aller... Tu as compris?

— Oui, dit Corina.

— Exactement comme dans la vie, marmonna Mitran en poussant Corina sur la barre. Allez, recommence!

Et Corina recommença, une fois, dix fois, cent fois tout au long de ce beau samedi ensoleillé, comme elle et les autres élèves le faisaient depuis des semaines déjà, sous l'œil vigilant des entraîneurs.

Plusieurs semaines s'étaient écoulées, en effet, depuis que Mitran avait entrepris la formation de Corina. En dépit de ses efforts et de ceux de Corina, tout n'allait pas nécessairement pour le mieux. Mitran s'inquiétait. Bien sûr, Corina rêvait de devenir gymnaste professionnelle, de participer aux compétitions internationales, de se classer un jour parmi les championnes, mais comprenait-elle vraiment l'importance du défi qu'elle s'était donné? Mitran en doutait. La petite travaillait très fort, sans doute, mais son air frondeur et souvent satisfait d'elle-même laissait penser qu'elle ne mesurait pas très bien tout le chemin qu'elle avait encore à parcourir pour atteindre le but.

De toute cette journée, Mitran n'avait pas laissé une minute de répit à la fillette. Il observait chaque geste, critiquait chaque mouvement, la houspillant même assez durement à l'occasion.

— Tu écoutes ce que je te dis ou non?

— Mais oui, protesta vivement Corina.

— Pas du tout, ma belle, tu répètes les mêmes erreurs parce que tu n'en fais qu'à ta tête.

Excédée, Corina lui lança un regard noir avant de regrimper sur la barre. Elle reprit l'exercice du début, encore une fois. Mais la fatigue faisait son œuvre, et loin de s'améliorer, Corina s'engourdissait.

Elle regarda de biais son amie Maria, dont le visage montrait aussi des traces de fatigue. Leurs yeux se croisèrent et la seconde de distraction leur fut fatale: elles dégringolèrent toutes les deux en même temps. Maria éclata de rire, mais Corina fut prise au contraire d'un accès de rage. À coups répétés, elle se mit à frapper la barre de son poing serré.

— La classe est terminée, cria Mitran en se dirigeant vers Corina.

Les élèves se dispersèrent bruyamment, sauf Stéphane qui, tout au fond de la salle, se balançait toujours, accroché à ses anneaux. Mitran attrapa la fillette par le bras.

— Ce n'est pas en piquant des rages que tu vas t'améliorer, Corina.

Elle se dégagea violemment.

— Pas la peine d'essayer puisque je ne suis bonne à rien.

— Allons donc, protesta Mitran, tu te conduis comme...

— Comme un canard, s'exclama Corina. Je n'ai aucun talent et je n'apprendrai jamais rien!

— Mais qu'est-ce que tu racontes?

— C'est exactement ce que vous avez dit! cria Corina.

Excédé, Mitran leva les bras au ciel. Corina fila en courant vers le vestiaire en claquant la porte derrière elle. Mitran soupira. Il ne vit pas Stéphane qui avait discrètement suivi Corina en longeant les murs.

* * *

Lorsque Mitran quitta l'école à son tour, le soleil avait disparu. Un vent d'automne, froid et violent, s'était brusquement levé. Mitran serra son manteau autour de lui et marcha lentement vers le parc où il devait rencontrer Dalia.

Absorbé dans ses pensées, il n'avait pas vu venir la jeune femme. Il sursauta lorsqu'elle lui toucha le bras. Il sourit et continua à marcher en silence pendant un long moment. Puis il se tourna vers Dalia:

— Qu'est-ce que tu fais quand tu as un problème insoluble? Quand il n'y a plus rien, mais rien du tout qui fonctionne?

— Je marche, répondit doucement Dalia, et je réfléchis jusqu'à ce que j'aie trouvé une solution. Mais surtout, j'essaie de n'en rien laisser paraître...

— Ouais, dit Mitran en éclatant de rire. Tu veux bien marcher avec moi?

— Bien sûr, dit Dalia.

— Peut-être que tu peux m'aider à réfléchir, qui sait?

La nuit était tombée, mais cachée derrière de lourds nuages, la lune refusait de paraître, comme si elle boudait le soleil qui, malgré la saison tardive, s'était obstiné à chauffer la terre tout au long de la journée. Vengeur, un vent froid sifflait. Tout à coup, un flocon blanc tournoya et vint s'écraser sur la joue de Mitran. Il l'essuya du bout de son doigt et leva les yeux. Épars, légers, quelques flocons de neige essayaient d'atteindre le sol, mais le vent les repoussait vers les nuages comme s'il refusait lui aussi que l'hiver s'installe. Comme les flocons, les pensées de Mitran tourbillonnaient.

— J'ai été trop téméraire, murmura Mitran, et Marion aussi d'ailleurs. Nous avons inscrit Corina et Maria à la compétition de Baia Mare, mais jamais elles ne seront prêtes à temps. Peut-être que nos méthodes d'entraînement sont trop douces, que nous n'exigeons pas assez des filles... Tu imagines le sourire moqueur de Lili, si nos élèves n'arrivent pas à se classer?

— Le sourire de Lili n'a aucune importance, protesta doucement Dalia.

Mitran n'entendit pas.

— Si seulement ces petites sottes acceptaient de travailler sérieusement. Elles ne se rendent pas compte que leur avenir est en jeu!

— Je crois qu'elles travaillent, insista tranquillement Dalia. Mais peut-être que tu devrais parler davantage à Corina, lui expliquer...

Mitran s'entêtait.

— Les méthodes d'entraînement sont beaucoup plus sévères à Deva. Ce n'est pas pour rien que les championnes viennent toutes de là!

Dalia éclata de rire en attrapant un flocon de neige sur le bout du nez de Mitran.

— Bon, d'accord, dit-elle, à compter de lundi, c'est la terreur... En attendant, tu viens manger? J'ai faim!

Elle partit en courant sur l'allée déjà blanche du parc. Mitran la rattrappa sans peine.

— Dis donc, Mitran, s'exclama Dalia, et ta chiquenaude miracle, tu l'as essayée sur Corina?

CHAPITRE
4

À l'école de Deva, Lili Oprescu venait elle aussi de quitter la salle d'entraînement. Comme Mitran, elle s'inquiétait de la prochaine compétition, mais à la différence de l'entraîneur, elle ne se croyait pas téméraire. Elle savait que ses élèves allaient se classer, pour la bonne raison qu'elle ne présentait que celles dont elle était absolument sûre. Elle avait elle-même disqualifié les autres. Seules ses étoiles paraissaient en public. Pas question d'échec pour Lili Oprescu. C'est vrai qu'elle menait l'école d'une main de fer. Lili n'acceptait aucune faiblesse, aucune défaillance. Le sourire dont elle gratifiait ses élèves dans le studio de gymnastique ne pouvait vouloir dire qu'une chose:

— Bravo, ta performance était parfaite!

Autrement, pas de sourire, et toutes les gymnastes le savaient.

Lili jugeait de tout et de tous avec la même rigueur, elle ne revenait jamais sur ses décisions. Pas une seconde elle n'avait cru en la possibilité que Maria ou Corina aient l'étoffe d'une championne. Elle ne savait pas pourquoi le visage rieur de Corina lui revenait en mémoire, ce soir, alors qu'elle sortait de l'école. Les premiers flocons de neige de l'hiver, peut-être? Elle secoua ses longs cheveux roux retenus en queue de cheval et enroula son foulard de laine autour de son cou. Garée dans la cour de l'école, sa petite voiture blanche l'attendait...

*   *   *

Le lendemain, dimanche, Corina se précipita à la porte de la maison familiale lorsqu'elle entendit la sonnerie. C'était sûrement Maria! Sa surprise fut sans bornes lorsqu'elle reconnut le visage de Mitran à travers la vitre. Son cœur fit un bond. Sa colère d'hier? Mitran venait-il lui annoncer qu'elle était renvoyée de l'école? Elle ouvrit la porte en hésitant, puis c'est avec un immense soulagement qu'elle le vit sourire.

— Tu veux marcher avec moi, Corina?

— Bien sûr, dit Corina en se précipitant d'un bond sur son manteau.

Ce fut une fort longue marche et une fertile conversation. Mitran sut trouver les mots pour expliquer, encourager, convaincre Corina: elle pouvait réussir, si seulement elle s'en donnait la peine.

— À compter de maintenant, je travaillerai seul avec toi, mais attention, plus rien ne m'échappera, pas la moindre bévue. Tu devras m'obéir à la lettre et tu recommenceras chaque geste, chaque mouvement, mille fois s'il le faut, jusqu'à la perfection. Tu es d'accord?

Corina avait écouté chaque parole de Mitran avec la plus grande attention. Tous les sentiments s'étaient succédé sur son visage. Oui, Corina était d'accord!

En fait, elle se lança dans le travail avec tant d'énergie que Mitran dut parfois s'interposer.

— Tu exagères, Corina, ce n'est pas bon.

Corina haussait les épaules en riant et ses petites mains serraient, roulaient, glissaient sur les barres pendant des heures d'affilée. Même si elle prenait toujours la précaution de les enduire de poudre blanche, elle avait de plus en plus de mal à dissimuler les rougeurs, les fines craquelures et les débuts d'ampoules qu'elle soignait tant bien que mal chaque soir et en cachette pour ne pas inquiéter ses parents.

Ce jour-là, elle ne put retenir une grimace dès que ses mains saisirent la barre, comme si elle avait touché du feu. Elle les retira aussitôt et se mit à souffler avec force sur ses paumes endolories, tout en se dirigeant vers le contenant de poudre blanche. Mitran l'avait suivie.

— Ça va, Corina?

— Oui, répondit la fillette en affichant un brave sourire.

Elle posa ses mains à plat sur la substance crayeuse, qui se colora aussitôt d'un filet rose.

— Qu'est-ce que c'est que ça? s'écria

Mitran. Fais voir tes mains!

Corina fit disparaître ses mains derrière son dos. Mitran lui saisit les poignets et ramena sous ses yeux les deux poings fermés.

— Fais voir, Corina, répéta Mitran en serrant avec force ses poignets.

Des gouttes de sang se traçaient un chemin entre les doigts de Corina. De grosses larmes brûlantes avaient commencé à lui rouler sur les joues. Ses mains se desserrèrent lentement. Mitran pâlit. Un véritable désastre! Les deux mains de Corina étaient sillonnées de petits cratères rouges, comme si tous les plis avaient décidé de s'ouvrir en même temps. De grosses ampoules non soignées avaient éclaté et laissaient la chair à vif. Mitran avait l'air furieux.

— Si tu m'avais écouté comme tu devais, tu ne serais pas dans cet état. Pas d'exercices pour une semaine. Rentre chez toi!

Corina éclata en sanglots.

— Je ne peux pas, la compétition approche et je dois travailler...

Mitran lâcha les poignets de Corina et la fixa d'un air sévère.

— Tu m'as entendu? J'ai dit une semaine...

Corina ouvrit la bouche pour protester de nouveau, mais Mitran la prit par les épaules et la poussa doucement vers le vestiaire.

— Allez, tu t'habilles. Tu rentres chez toi.

*   *   *

L'arrivée à la maison de Corina fut loin d'être triomphale, d'autant plus que son père était là, puisqu'il ne travaillait pas le samedi. Son air penaud et l'heure inhabituelle de son retour ne manquèrent pas d'attirer l'attention de toute la maisonnée.

— Alors, Corina, qu'est-ce qui se passe? demanda sa mère.

Pour toute réponse, Corina ouvrit ses petits poings serrés.

— Mitran m'a renvoyée à la maison...

— Et avec raison, s'écria son père en voyant l'état des mains de Corina. Pourquoi tu n'as rien dit?

— À cause de la compétition, murmura la fillette.

Grand-mère s'avança:

— Laisse voir un peu...

— C'est parfaitement ridicule, criait le père en colère. Demain, je parlerai à son entraîneur. Cette folie doit cesser immédiatement!

Heureusement pour Corina, sa mère intervint.

— Écoute, ce serait dommage, Corina est inscrite à la compétition de Baia Mare et...

— Et elle se rend malade pour ça, coupa son père.

Le regard implorant de Corina le calma quelque peu. Il marmonna en quittant la pièce.

— La gymnastique, la gymnastique... ce n'est pas la seule chose qui compte au monde.

Grand-mère tenait toujours les mains de Corina et les examinait soigneusement.

— Il a raison, ton père, tu n'aurais pas dû attendre que tes mains soient dans cet état. C'est pas joli du tout... Et tu as de la fièvre, dit-elle en touchant le front de Corina. Allez, ouste, au lit!

Pour la première fois de la journée, Corina ne se fit pas prier pour obéir. En moins d'une minute, elle avait retiré ses vêtements et filé sous les couvertures. Jusque-là, la suite rapide des événements l'avait empêchée de vraiment sentir son mal, mais maintenant ses mains brûlaient comme si elles serraient deux tisons ardents.

Assise à ses côtés, sa mère lui caressait le front lorsque grand-mère entra. Sur une grande assiette, elle portait un étrange attirail qui aurait fait frémir le médecin de la clinique: de grandes feuilles de chou de Milan vert jade, deux morceaux de tissu épais et deux longues bandes de crêpe blanc. Et une carafe de liquide bouillant.

— T'en fais pas, mon petit oiseau, dit-elle en s'installant près de Corina, tes mains seront en parfait état en moins d'une semaine.

Grand-mère avait ses méthodes bien à elle de traiter les maux de la famille et il ne fallait surtout pas lui parler de la médecine moderne. Elle avait mille fois expérimenté les vertus curatives de l'humble chou du potager aussi bien pour les migraines que pour les vilaines entorses et les contusions que s'infligeaient les enfants en jouant. Et elle avait raison, elles guérissaient ses feuilles de chou!

Elle avait plongé les feuilles, dont elle avait d'abord enlevé la grosse côte centrale, dans un peu d'eau bouillante pendant quelques secondes. Sur chacune des petites mains endolories de Corina, elle posa trois épaisseurs de feuilles qu'elle recouvrit du chaud tissu. Corina grimaçait de douleur.

— Ne bouge pas, mon hirondelle, dans quelques jours, il n'y paraîtra plus.

Elle enroula ensuite le crêpe blanc autour des mains de Corina.

— Et maintenant, il faut dormir. Je t'ai préparé mon herbe des sages, fit grand-mère en emplissant une grande tasse du liquide bouillant.

Il faut dire que dans la famille, on se moquait un peu de grand-mère avec son «herbe des sages»... de la laitue! Eh oui, de la laitue qu'elle faisait doucement mijoter pendant une demi-heure avant d'y ajouter du miel.

La mère de Corina disait que ce n'était pas la décoction de laitue qui endormait les enfants mais leur confiance en grand-mère. La vieille dame haussait les épaules et laissait dire. Le fait est que les enfants s'endormaient! Et c'est précisément ce que fit Corina avant même que sa grand-mère eût quitté la chambre.

Corina fut alitée pendant quelques jours, un peu fiévreuse mais surtout agitée par la crainte de rater la compétition de Baia Mare; toutefois, ses mains guérissaient grâce aux bons soins de sa grand-mère.

Mais faire rester au lit une petite fille normalement grouillante d'énergie? Ce n'était pas facile, et dès que sa fièvre eut disparu, elle voulut se remettre à courir; grand-mère s'interposa immédiatement.

— Non, mon oiseau, tu restes au lit.

— Pour des mains blessées? s'indigna Corina.

— Pas pour tes mains, pour le repos dont tu as besoin après t'être mise dans un état pareil.

CHAPITRE
5

Le jour du départ pour la fameuse compétition arriva enfin. Il n'y avait pas seulement Corina qui était nerveuse, tout le monde l'était, entraîneurs aussi bien qu'élèves. C'était sérieux, en effet, puisque les élues allaient du coup faire partie de l'équipe nationale et qu'à travers les candidates, on allait juger leurs entraîneurs aussi.

Le grand autobus attendait devant l'école et la cohue était à son comble. Était-ce l'énervement du départ, l'angoisse de la compétition ou l'arrivée précoce du printemps qui créaient l'effervescence? Les trois raisons à la fois, probablement. Les enfants grimpaient les marches de l'autobus et allaient l'un après l'autre occuper leurs sièges en se bousculant et en criant. Dehors, les parents faisaient des recommandations inutiles que personne n'entendait. La plupart d'entre eux partiraient d'ailleurs aussitôt, qui en train, qui en voiture, pour aller assister à la compétition.

— Allez, un peu de calme, criait Mitran à la portière de l'autobus.

— Tout le monde à bord, nous partons dans cinq minutes.

Les quelques garçons de l'école qui étaient du voyage s'étaient faufilés jusqu'à l'arrière du véhicule et avaient entamé une chanson dont les notes discordantes forçaient les plus sages à se boucher les oreilles. Dalia, qui accompagnait la classe comme surveillante volontaire, venait de monter à son tour. Le chahut diminua un peu.

Elle marcha lentement dans l'allée jusqu'à l'arrière de l'autobus en s'assurant que chacun avait pris place et bien rangé ses bagages. Une fillette lui tendit un gros bouquet de lilas.

— C'est pour vous, Madame Dalia.

— Pour moi? C'est très gentil, merci, dit Dalia en approchant le bouquet de son visage pour en respirer le parfum capiteux.

Elle vit Mitran qui venait lentement vers elle dans l'allée.

— Tu sais ce que je fais? demanda-t-il très sérieusement.

— Euh, non.

— Je fais une longue marche et j'essaie que personne ne devine mon inquiétude!

Dalia éclata de rire. Mitran suivait ses conseils, mais l'endroit n'était pas précisément idéal pour marcher!

— Tu n'iras pas très loin dans l'autobus! dit-elle.

Il sourit.

— C'est mieux que rien, non?

Tout le monde était prêt. Le long véhicule s'ébranla en toussotant, mais personne ne s'en rendit compte car les garçons avaient repris leurs chants de plus belle. Pas d'angoisse ni d'anxiété pour eux. Ils n'étaient du voyage que pour encourager leurs camarades, ils n'avaient pas à subir les épreuves du concours. Et c'était bien, parce que leurs chants et leurs fous rires détendaient l'atmosphère et empêchaient les filles de se concentrer sur leurs craintes.

Quelle magie que le rire! Une petite clé miracle qui défait le nœud des angoisses qui serrent l'estomac. Un remède magique qui soulage les peines et guérit même les plaies... comme le chou de grand-mère.

Même Mitran se laissa entraîner dans l'euphorie du voyage. Et Corina en oublia ses mains qui l'inquiétaient encore un peu.

Grand-mère lui avait confectionné de drôles de petits gants sans doigts qu'elle portait déjà. Une protection prudente, bien sûr, mais qui lui rappelait aussi sa fragilité.

Après quelques heures d'un agréable trajet, l'arrivée sonna pourtant le réveil brutal. Le silence se fit pendant que chacun ramassait ses bagages et suivait docilement les entraîneurs dans le vaste stadium où des centaines de spectateurs étaient venus les voir performer. Les parents de Corina, tout comme ceux de Maria, avaient déjà pris place avec les autres dans les estrades. Des sentiments de fierté, d'espoir mais d'angoisse aussi les animaient tous.

À mesure que les candidates arrivaient dans la grande salle, les couleurs vives et claires de leurs costumes égayaient l'atmosphère. Les gymnastes se regroupaient autour de leurs entraîneurs en attendant le moment des épreuves.

Corina et Maria attendaient comme les autres. Elles ne s'étaient pas quittées d'une semelle, cherchant l'une dans l'autre soutien et réconfort. Soudain, Maria poussa Corina du coude. Une équipe faisait son entrée dans la salle.

— Regarde là-bas, s'exclama Maria. Tu vois ce que je vois?

Corina aperçut Lili, entourée de ses élèves. Son visage prit un air narquois.

— Faisons mine de ne pas l'avoir vue, dit Maria.

Mais l'astuce ne dura pas longtemps, car Lili les avait repérées et venait lentement dans leur direction, l'air un peu étonnée de les voir là.

— Bonjour, vous deux, dit Lili. Je crois que nous nous sommes déjà rencontrées, non?

— Bonjour, claironna Corina en tendant aussitôt la main vers Lili.

Lili ne bougea pas.

— Ah, c'est bien, dit-elle, je vois que tu as retenu ma leçon... sauf sur un point.

— Lequel? demanda Corina, l'air gouailleur.

— Ce n'est pas à toi de tendre la main la première.

— Et pourquoi pas?

— Parce que je suis l'aînée, dit Lili en s'éloignant des fillettes.

Occuppé à discuter avec Marion à quelque distance de là, Mitran n'avait pas vu le bref échange de Corina avec Lili. Celle-ci venait vers lui.

La vue des deux fillettes avait agacé Lili. Elle n'appréciait pas qu'on défie son jugement sur les gymnastes et c'est précisément ce que Mitran s'était permis de faire.

— Je vois que tu perds toujours ton

temps avec des amateurs, dit-elle, ironique.

Mitran réprima sa colère.

— Oh, je savais qu'elles allaient être championnes du moment que tu les refusais...

— Très drôle, riposta Lili. Nous pourrons bientôt juger du talent de leur entraîneur, je suppose, ajouta-t-elle en lui tournant le dos.

Étrange petite guerre froide que se menaient ces deux entraîneurs ambitieux, qui pourtant n'auraient dû travailler que dans l'intérêt des élèves et de la gymnastique. Mais rien n'est jamais simple!

Heureusement, la réalité de l'heure se chargea de les rappeler à l'ordre. Les juges du concours national avaient pris place et les spectateurs s'impatientaient. Les entraîneurs formulaient à leurs élèves une dernière recommandation, un ultime conseil. On appela la première candidate. Le silence se fit dans la salle.

Les épreuves commencèrent. À la poutre, au cheval-sautoir, aux barres asymétriques, au sol. Manifestement, les élèves étaient préparées. La grâce, la souplesse, l'agilité, la force de chacun de leurs mouvements épataient les spectateurs... et les collègues. L'une des élèves aînées de Lili exécuta une superbe performance au sol. Son corps léger roulait, bondissait, tournait sur lui-même comme une balle de caoutchouc qui défiait les lois de la pesanteur. Vifs et lestes, ses mouvements semblaient n'exiger d'elle aucun effort. Son corps était devenu léger comme celui d'une hirondelle. Les applaudissements fusaient dans la salle.

Corina n'avait pas raté une seconde de la performance.

— Elle est superbe, murmura-t-elle, jamais je ne pourrai l'égaler.

— Mais allons donc, bien sûr que si, protesta tranquillement Maria, qui coupa court à ses remarques car on venait d'appeler son nom.

Elle se dirigea aussitôt vers la poutre d'un pas ferme et assuré. La tête haute, les reins cambrés, les jambes droites et solides, Maria donna une exécution presque parfaite que confirmèrent aussitôt les applaudissements de la salle, dominés par sa famille enthousiaste.

— Bravo, Maria, tu as été magnifique, dit Corina en l'embrassant.

La fillette haussa les épaules.

— Pas aussi parfaite que j'aurais pu, marmonna-t-elle.

Corina regarda ses mains ouvertes et des papillons d'angoisse lui envahirent l'estomac. On l'appelait aux barres asymétriques, l'épreuve qu'elle redoutait le plus. Elle retira son blouson, qu'elle tendit à Mitran.

— S'il vous plaît, donnez-moi une chiquenaude, dit-elle en levant ses grands yeux vers lui.

— Quoi? s'exclama Mitran, surpris.

— Pour me porter chance, expliqua Corina.

— Si tu veux, dit Mitran en faisant claquer son index sur le front de Corina. Allez, vas-y!

Corina prit place devant les barres, ferma les yeux une seconde, se concentra, tendit les bras et, d'un bond, saisit la barre inférieure. Ses mains glissèrent sur la tige et son corps tendu exécuta un cercle parfait autour de la barre.

Elle prit son élan, atteignit la barre supérieure et répéta la même gracieuse voltige, puis ses mains lâchèrent prématurément. Elle s'écrasa lourdement sur le tapis de chute. Un oh! consterné parcourut l'assistance.

Corina aperçut le visage atterré de Lili, l'espace d'une seconde, puis tourna son regard vers Mitran. D'un geste, il lui fit signe de recommencer. Elle reprit sa place et répéta l'épreuve du début à la fin, en tous points parfaitement cette fois, mais la rage au cœur. Avec un sourire forcé, elle salua puis fila aussitôt vers le vestiaire à l'insu de Mitran.

Les candidates se succédèrent et bientôt vint le moment pour Corina de se présenter à sa seconde épreuve: la poutre.

Mitran la chercha des yeux. Elle avait disparu. D'instinct, il se rendit au vestiaire où il trouva la fillette assise sur un banc, la tête basse.

— Qu'est-ce que tu fais ici, Corina?

— Rien, répondit-elle sans lever les yeux.

— Qu'est-ce qui s'est passé? demanda Mitran.

— C'est à cause de Lili, s'exclama Corina. Je l'ai vue et j'ai eu peur. Elle m'a fait perdre l'équilibre...

Mitran réfléchit un instant.

— Tu sais, Corina, j'en doute. Je crois plutôt que tu as voulu l'impressionner. Tu as voulu lui montrer à quel point elle s'était trompée sur toi.

Obstinée, Corina refusait de lever les yeux.

— Ce n'est pas Lili qui t'a fait perdre l'équilibre, continua Mitran, c'est toi-même. Tu comprends?

— Oui, murmura Corina, je suppose.

— Tu n'as strictement rien à prouver à personne, tu m'entends? Sauf à toi-même...

Il prit la fillette par la main et la remit sur ses pieds.

— Comment vont tes mains? demanda-t-il en la menant vers la porte.

— Bien, sourit Corina.

— Bravo! C'est bientôt ton tour à la poutre.

Corina y fit une présentation sans faille, avec une sûreté et une grâce qu'elle n'avait encore jamais égalées.

Les longues heures de compétition s'achevèrent enfin et ce fut la même attente que la première fois, plus pénible encore.

Les juges de l'équipe nationale délibérèrent longtemps. C'était sérieux, car les élèves choisies et leurs entraîneurs allaient composer l'équipe que le pays présenterait au championnat international. Les jugements n'étaient pas unanimes. Lili contesta la candidature de Corina, mais avec moins de fermeté, cette fois.

— Elle est douée, mais elle manque de confiance en elle. Attendons encore un an, dit-elle.

— Impossible, s'opposa Mitran. Dans un an, il sera trop tard.

Et Mitran eut gain de cause. Au grand bonheur de Corina, Maria fut acceptée elle aussi. Elles allaient être admises à Deva dès l'automne prochain! Jamais un été ne leur parut si long...

CHAPITRE
6

C'est dans un esprit tout différent de la première fois que les fillettes arrivèrent à l'école de Deva avec Mitran. Il y avait tant à voir, tant à faire. Tout était nouveau.

Il fallut s'installer dans la nouvelle chambre, qu'elles eurent l'heureuse surprise de partager, puis se familiariser avec les nouveaux professeurs, les nouvelles salles de cours, l'immense gymnase. Corina était ravie, pleine d'enthousiasme. N'avait-elle pas réalisé son rêve? Elle s'empressa d'écrire sa joie à ses parents. «C'est magnifique ici, j'ai hâte de commencer...»

Dès le lendemain, le directeur de l'école présida à la rencontre officielle des entraî-

neurs et de l'équipe choisie.

— Les yeux de tous les professionnels de la gymnastique sont désormais rivés sur vous, annonça-t-il. Nous n'avons pas le droit de les décevoir, n'est-ce pas?

Puis la routine s'installa: la classe, les études et les longues heures de pratique. Tous les jours, la grande salle du gymnase s'animait. Des groupes de débutantes aux professionnelles, toutes travaillaient sans relâche sous l'œil exercé de leurs entraîneurs. Corina adorait l'atmosphère. Même lorsque ses pratiques étaient terminées, elle filait au poste observatoire de l'étage avec ses copines pour regarder les prouesses des plus grandes qui l'émerveillaient.

— Tu vois cette fille aux barres? Elle est géniale...

— C'est Stéfanie. Elle a eu une médaille de bronze il y a deux ans, expliqua une copine.

— Jamais je ne serai aussi bonne qu'elle, soupira Corina.

— Arrête, protesta Maria. Attends encore deux ans, tu verras!

Les jours filaient, mais Corina ne les voyait pas tant son horaire était chargé.

«Tout se passe très bien», écrivait Corina à ses parents. «Nous sommes même allées pique-niquer à la vieille forteresse de Deva. Vous auriez dû voir le paysage, quelle merveille! C'est Lili Oprescu qui est notre entraîneur la plus exigeante, mais c'est normal, elle a été championne. Je suis contente que Monsieur Mitran soit ici, c'est mon favori!...»

*   *   *

Il faut admettre que ni Corina ni Mitran n'étaient arrivés à Deva dans de très bonnes dispositions envers Lili. Un mur de glace plutôt étanche les séparait. Dès le départ, Lili avait froidement jugé que ni l'élève ni l'entraîneur n'étaient de taille à se classer aux compétitions internationales. Ce jugement, qui avait eu pour effet d'enrager Mitran, avait plutôt provoqué chez Corina un sentiment de défi, mais beaucoup d'insécurité aussi. Autant Corina adorait l'école, autant elle ne pouvait s'empêcher de se comparer aux protégées de Lili, dont elle pensait ne jamais pouvoir atteindre la perfection. Jusqu'à maintenant, elle avait surtout travaillé avec Mitran, mais elle sentait l'œil observateur de Lili braqué sur elle. Bien malgré elle, Corina ne pouvait s'empêcher d'y lire le résultat de ses efforts: tantôt l'approbation, tantôt la critique. Lili ne s'était jamais interposée entre le maître et l'élève, mais sa présence dominait la grande salle du gymnase. De toute évidence, Corina l'intriguait.

La petite était douée, sans aucun doute, alors pourquoi ce manque de confiance? Ces performances inégales? Elle ne semblait pas prendre la gymnastique très au sérieux. Comme un jeu?

Mitran le savait aussi, naturellement. C'est précisément le caractère enjoué de Corina qui la rendait si attachante, mais si insouciante aussi. Or on ne naît pas championne, on le devient! Depuis son arrivée, Mitran tentait, avec plus ou moins de succès, d'enseigner à Corina cette dure réalité.

Petit à petit, ses exigences s'étaient accrues, ses méthodes s'étaient durcies. Il souriait moins souvent. Il critiquait chaque pas, chaque geste, chaque mouvement de Corina, qui rouspétait un peu mais reprenait l'exercice.

Elle s'étonnait du changement d'attitude de Mitran, mais ce qui la surprenait plus encore était le comportement de Lili. Pour en avoir elle-même subi les conséquences, elle connaissait fort bien la réputation d'intransigeance de Lili. Or elle découvrait que la jeune femme savait rire avec ses élèves. Corina l'observait souvent du coin de l'œil.

Depuis peu, Lili avait commencé à lui faire des observations, mais la plupart du temps brèves et cassantes.

— Tête haute, Corina!

— Redresse tes épaules, jambe tendue...

Corina s'exécutait sans rétorquer.

Ce jour-là, la pratique avait été particulièrement intensive et les élèves de Lili avaient donné de remarquables performances. Corina avait observé, à la fois ébahie et découragée à l'idée qu'elle n'atteindrait peut-être jamais un tel degré de perfection. Elle avait repris ses propres exercices sur la poutre un peu mollement. Lili s'était approchée d'elle et examinait chacun de ses gestes avec attention. Corina fit mine de ne pas l'avoir vue.

— Qu'est-ce qu'ils ont ces genoux, tu ne peux pas les plier?

La voix de Lili était presque cassante.

— Et cette jambe? Plus haut, beaucoup plus haut. Vas-y!

Surprise, Corina avait tourné la tête vers Lili.

— Non, s'exclama Lili, ce n'est pas moi qu'il faut regarder. Reprends du début, légère comme une plume.

Corina reprit position sur la poutre. Galvanisée, elle exécuta tous les mouvements requis presque à la perfection, mais au dernier moment, elle perdit l'équilibre et dégringola sur le tapis. Elle leva les bras, rageuse.

— Qu'est-ce qu'il y a? demanda Lili.

— Je n'y arriverai jamais, protesta Corina au bord des larmes.

— Si! Tu y arriveras, et à la perfection, dit brusquement Lili. Remonte, je n'ai pas de temps à perdre!

— Je suis incapable de...

— Évidemment, tu es incapable de voler comme un oiseau, tu te tiens comme si tu avais une tonne de plomb dans les jambes. Tu es un oiseau, Corina, tu dois t'envoler comme si tu avais des ailes...

Avec ses bras, Lili mimait le mouvement des ailes d'oiseaux. Souples et légers, ses bras se déplaçaient dans l'air comme si elle allait vraiment prendre son envol. Sa longue chevelure rousse flottait sur ses épaules au rythme de ses bras qui bougeaient.

Corina la regardait, fascinée. Les élèves s'étaient rapprochées et entouraient Lili et Corina. De loin, Mitran regardait la scène, perplexe. Lili éclata de rire.

— Tu vois, Corina, à moins d'être persuadée que tu es un oiseau, tu ne voleras jamais, c'est certain.

Elle tourna sur elle-même, hissée sur la pointe de son pied droit. Les filles battirent des mains.

— Lili, s'exclama Corina, j'aimerais bien savoir comment vous avez réussi vos fantastiques performances quand vous étiez jeune.

— En travaillant, lança Lili, le visage redevenu sérieux.

— J'ai lu quelque part qu'on vous avait surnommée «l'écureuil volant des Carpathes», dit Corina en sautant à cheval sur la poutre.

Lili s'approcha de la poutre à son tour.

— Et où as-tu lu ça?

— Oh, dans un vieux magazine de sport à la bibliothèque...

Quelques filles avaient rejoint Corina sur la poutre. Lili ébouriffa les cheveux de Corina.

— C'est vrai que j'ai remporté le championnat mondial en gymnastique. J'étais légère, rapide et très jeune alors. Mais je travaillais, Corina, pendant d'interminables heures... Tu sais, le talent seul ne suffit pas.

Lili renversa la tête en arrière et son rire cristallin résonna dans le gymnase.

— J'avais un autre atout aussi. Ma longue queue de cheval rousse qui volait dans les airs comme une queue d'écureuil!

Les gymnastes avaient suivi le récit de Lili avec une attention respectueuse. La «queue d'écureuil» fit voler les rires en éclats. Les filles s'ébrouèrent et leurs costumes colorés évoquèrent l'envol d'une nuée de papillons.

— Les exercices à la poutre étaient les plus exigeants, dit Lili.

Corina protesta:

— Pas du tout! Les barres sont mille fois plus difficiles!

Lili sourit. Décidément, la spontanéité de cette petite était exceptionnelle.

Petit à petit, elle découvrait ce que Mitran savait déjà sur Corina. Elle avait la force vive d'une source de printemps. Son énergie bouillonnait comme les torrents qui dévalent le rocher, sauvages, incontrôlés. Des torrents qui, en se dispersant, perdaient peut-être de leur force. Mais comment canaliser ces énergies que sont les talents sans les brimer, les éteindre, les tuer dans l'œuf?

Fasciné par l'échange, Mitran s'était lui aussi approché du groupe compact autour de Lili. Lui aussi découvrait soudain cette jeune femme d'un autre œil.

Lili souleva de son doigt le menton de Corina en s'exclamant:

— Crois-moi, Corina, c'est la performance à la poutre qui est la plus difficile. Toutes les épreuves de gymnastique sont ardues, bien sûr, mais ta maîtrise à la poutre te donne une confiance en toi que rien d'autre ne peut égaler.

D'instinct, Corina bondit sur ses pieds. Les bras tendus, en équilibre instable au centre de ses collègues qui la fixaient des yeux, elle mimait instinctivement les paroles de Lili.

— Sur la poutre, Corina, tu apprends à te tenir, tu découvres l'équilibre, la maîtrise de tes gestes, l'élégance. Tu imprimes à tes gestes, ton corps, une beauté qui ne te quittera jamais plus, tout au long de ta vie... Jamais plus, Corina, c'est quelque chose que tu auras gagné pour ta vie entière, quoi qu'il arrive...

Corina n'avait pas quitté Lili des yeux. Chaque mot, chaque geste, chaque expression l'avait marquée de façon indélébile. Les yeux clairs de Corina pétillaient comme des étoiles. Elle ne savait pas pourquoi, ne comprenait que très vaguement ce que Lili tentait d'expliquer, mais quelque chose de très important venait d'entrer dans sa conscience de petite fille. Elle apprenait de simples vérités comme: le talent n'est pas la clé du succès... le travail acharné est une nécessité absolue pour réussir... l'amour de ce que l'on choisit de faire dans la vie est essentiel... rien n'est jamais facile... et surtout, personne n'est jamais parfait.

Lili pirouetta soudain sur elle-même et traversa en sautillant le cercle des filles qui l'entouraient.

— Allons-y, les filles, c'est le moment d'une bonne détente.

Elle se lança dans une danse folle que les gymnastes, un moment éberluées, imitèrent aussitôt.

Mitran n'en croyait pas ses yeux. Il ne voyait plus que des éclairs de couleurs qui valsaient devant lui: un bras rose, une jambe verte, une épaule bleue, un dos de satin or. Une mèche de cheveux blonds, une tresse noire, une couette rousse qui voletaient sur des joues rouges et des yeux rieurs.

— C'est pas vrai, s'exclama Mitran, incrédule.

Puis, aussi rapidement qu'elle avait commencé, la ronde effrénée s'arrêta.

— Hop, venait de crier Lili, au travail!

Au milieu de rires étouffés, les gymnastes avaient repris leurs postes. Les joues vermeilles, les yeux brillants, Corina avait sauté sur la poutre. Jambes tendues, reins cambrés, bras bien hauts, Corina fit deux pas, plongea ses mains sur la barre et exécuta la plus belle culbute qu'elle ait jamais réussie sur la poutre.

Lili lança un sourire à Mitran, qui fit un signe d'approbation.

CHAPITRE
7

Le travail se poursuivit sans relâche, pendant des jours et des jours. L'horaire des gymnastes était rigoureusement minuté. Petit déjeuner frugal, pratique, cours de math, de langue, arrêt pour le déjeuner, repos, pratique, cours de géo, d'histoire, pause, pratique jusqu'au dîner, étude puis coucher. Et le lendemain recommençait, tout pareil à la veille. Sauf le dimanche, qui était jour de congé.

Ce dimanche-là, lorsque Dari, le coquin petit fils du portier, s'approcha de Corina qui causait avec Maria et Madalina dans la cour de l'école, personne ne s'étonna. Il était venu visiter son grand-père comme il

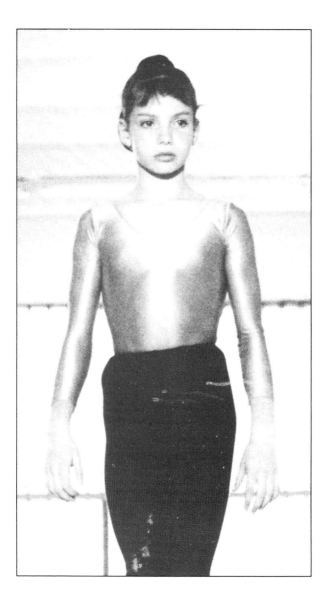

le faisait souvent. Pourtant, ses yeux malicieux et son petit air cachottier les intrigua.

— Eh, les filles, chuchota Dari, suivez-moi, j'ai une surprise pour vous!

— Une surprise? demanda Maria. Où ça?

— En ville! annonça le garçon. Je connais un passage secret.

Les filles échangèrent un regard, hésitantes. Bien sûr, elles n'avaient pas le droit de quitter l'école sans permission.

— Vous allez adorer, insista Dari.

L'air espiègle du garnement aurait dû inciter les filles à la prudence, mais aller marcher en ville, en toute liberté? Quelle tentation!

— Allons-y, décida Corina.

Elles suivirent le garçon, qui se dirigea vers les buissons au fond de la cour. Il se faufila en rampant entre deux arbustes, écarta deux planches de la clôture et sauta sur le trottoir. Corina suivit aussitôt, excitée par l'aventure.

— Tu nous amènes où? répéta Maria.

Le garçon se contenta de sourire en pressant le pas. Il tourna à droite au premier coin de rue, puis fila en courant jusqu'au prochain carrefour. Sans même regarder si les filles le suivaient toujours, il bifurqua à gauche, fit quelques pas et s'arrêta tout net. Devant la vitrine d'un pâtissier!

Les filles figèrent, bouches bées.

— Oh non, s'écria Maria la sage. Les pâtisseries sont interdites pour nous!

— Des gâteaux aux fraises, aux noisettes, au chocolat. Des pâtes d'amande, des tartes à la noix de coco, à la crème de citron, au caramel, récitait Dari, gouailleur. C'est pas un délice, ça?

Sans attendre les commentaires, il courut s'installer à une table de la terrasse.

— J'adore la crème au chocolat, annonça Madalina, les yeux rêveurs.

Elle rejoignit Dari. Corina hésita à peine une seconde.

— Et moi, j'ai l'estomac qui gargouille, dit-elle en s'asseyant à la table.

Maria s'approcha, plus lentement. Dari passait déjà la commande. En moins de deux minutes, les énormes morceaux de gâteaux crémeux s'étaient matérialisés devant les quatre affamés.

— Quelle merveille, s'exclama Corina, les yeux brillants.

— J'adore les gâteaux, soupira Madalina.

— Ouais, et vous aurez toutes gagné au moins un kilo quand vous aurez terminé, railla le garnement en s'emplissant la bouche d'une cuillerée de crémage.

Les trois filles se regardèrent, interdites, fourchettes en l'air. Sur les visages, l'horreur avait remplacé les sourires. Le pèse-personne allait afficher un kilo de plus lorsqu'on les pèserait demain matin, comme tous les matins, au vu et au su de tout le monde? La règle était stricte, une gymnaste devait respecter le menu de l'école. On ne tolérait aucun écart.

Maria fut la première à poser sa fourchette sur la table. Elle se leva sans mot dire. Narquois, le coquin avala sa deuxième bouchée. Corina le fusilla du regard en suivant l'exemple de Maria.

— Petite vermine, persifla Corina avec un air de dégoût.

Le brouillard devant les yeux de Madalina ressemblait beaucoup à des larmes lorsqu'à son tour elle renonça au gâteau.

— Sale petit voyou, ragea Madelina.

Le garnement n'eut même pas la décence d'attendre que les filles soient parties pour glisser leurs portions devant lui et plonger sa fourchette dans le gâteau de Maria avec un air de pur ravissement.

Les filles revinrent lentement à l'école, l'estomac vide et le cœur en rage.

— Je m'en souviendrai de ce dimanche, marmonna Corina.

Le soleil glissait doucement vers l'horizon lorsqu'elles entrèrent dans la cour en cette fin d'après-midi raté. Elles aperçurent aussitôt la voiture blanche de Lili et le vieux portier qui se précipitait vers elle.

— Bonjour, mademoiselle Lili. J'ai essayé toute la journée de vous joindre au téléphone. Vous avez reçu plusieurs inter-urbains, quelqu'un veut désespérément vous parler, on dirait.

— Ah bon, dit Lili intriguée en prenant une lettre que lui tendait Michel.

— On doit vous rappeler dans une heure, ajouta le portier.

— Merci, dit Lili en disparaissant dans l'école.

Sans s'expliquer pourquoi, Corina eut le vague sentiment que ces coups de télé-phone n'étaient pas de bon augure. Déci-dément, ce dimanche était un véritable désastre.

*   *   *

La rumeur se mit rapidement à circuler dans l'école dès le lundi matin. Personne n'osait confirmer la nouvelle, mais les gym-nastes chuchotèrent pendant toute la classe de math.

— Il paraît qu'elle va partir...
— Où ça?
— Dans un autre pays...
— Mais pourquoi?
— On ne sait pas.
— C'est impossible, c'est des men-songes...

— Ce sont les grandes qui le disent...

Le professeur de math eut toutes les peines du monde à retenir l'attention des élèves plus de cinq minutes de suite. Chaque fois qu'il baissait les yeux, les chuchotements reprenaient. Tout le monde n'attendait qu'un seul moment: la pratique de gymnastique.

La sonnerie n'eut pas fini de retentir que les livres avaient déjà volé dans les tiroirs et les gymnastes couraient au vestiaire. Jamais les filles n'avaient endossé leur costume aussi vite.

Lili était déjà dans la salle lorsqu'elles arrivèrent.

— C'est vrai ce qu'on raconte? cria Madelina en se précipitant vers Lili.

Lili eut l'air abasourdie.

— Et que raconte-t-on exactement? demanda-t-elle prudemment.

— Que vous allez partir!

Mitran venait d'entrer à son tour. Il s'approcha du groupe.

— Comment savez-vous ça? questionna Lili.

— Tout le monde sait toujours tout ici, les murs ont des oreilles, répondit une gymnaste en haussant les épaules.

— C'est vrai, finit par avouer Lili. Je pars la semaine prochaine pour diriger l'équipe du Luxembourg.

Personne n'avait voulu croire la rumeur pourtant persistante, mais les paroles de Lili tombèrent comme des pierres dans un étang tranquille. La consternation se peignit sur tous les visages.

— C'est injuste! protesta Corina. Nous sommes la meilleure équipe au monde et vous allez enseigner à d'autres.

— Ce n'est pas tout à fait aussi simple, dit Lili en souriant.

Les gymnastes se mirent à protester en chœur, chacune y allant de son argument.

— Il faut rester!

— La compétition approche, nous avons besoin de vous!

— Vous ne pouvez pas nous laisser tomber!

Corina s'éloigna du groupe. Son visage normalement rieur marquait la réflexion. Elle ne comprenait pas. Pourquoi fallait-il que Lili s'en aille au moment même où elles devenaient amies? Devait-on toujours perdre quelqu'un ou quelque chose dans la vie? Dès qu'on croit tenir un bonheur, il s'envole, comme le bel oiseau qui se chauffe au soleil tout au faîte d'un arbre et que fait fuir le coup de feu du chasseur.

Corina entendit à peine Lili qui admonestait ses élèves.

— Allons, au travail, c'est l'heure.

Les filles se dispersèrent en silence. On

commença aussitôt les exercices, mais le cœur n'y était pas.

La semaine se déroula étrangement: la routine semblait se poursuivre normalement, mais en réalité, rien n'était plus tout à fait pareil pour personne. Corina découvrait que des gens pouvaient entrer dans sa vie, puis disparaître. Elle apprenait que certains passaient sans laisser de trace, mais que d'autres, comme Mitran, et comme Lili maintenant, la marquaient d'un souvenir qui ne pourrait plus jamais s'effacer, comme un crayon feutre indélébile qui imprime une tache rouge sur un papier blanc. Corina ne serait plus jamais tout à fait la même petite fille.

Les jours de cette semaine passèrent comme dans un rêve, puis ce fut la dernière journée, le dernier cours de Lili. Les filles avaient travaillé plus fort que jamais, et Mitran s'était montré particulièrement exigeant. Les membres endoloris, les joues rougies par l'effort, les gymnastes s'étaient regroupées autour de Lili, à son appel.

— Vous m'écrirez? demanda Lili en riant pour cacher son émotion.

Un cri unanime lui répondit.

— Vous devez toutes obéir à Mitran, à la lettre, recommanda Lili. N'oubliez pas, je verrai tout à la compétition et vous n'avez pas le droit d'atteindre moins que la perfection!

Les promesses fusaient de toutes parts. D'un coup de rein, Lili se hissa sur la poutre d'où elle dominait tous les petits visages qui l'entouraient. Elle regardait chacune de ses élèves comme pour imprimer leurs traits dans sa mémoire. Car même si son départ vers une nouvelle expérience enthousiasmait Lili, elle n'en ressentait pas moins une grande nostalgie à l'idée de laisser ses élèves.

À regret, par petits groupes, les filles quittèrent la salle en essuyant furtivement leurs larmes. Lili les suivait des yeux, toujours dressée sur la poutre. Corina n'avait pas bougé, comme hypnotisée par la jeune femme.

Un long moment de silence plana sur la salle. Lili regardait Corina. Puis, presque dans un murmure, elle se mit à parler:

— Tu as les ailes d'un oiseau, disait la jeune femme. Tu les déploies doucement, sans bruit. Tu quittes le sol, tu t'élèves vers le ciel, tu planes comme un oiseau marin, tu voles sans effort, portée par le vent. Tu es comme une plume que la brise fait voltiger, comme un nuage qui flotte et qui dérive entre ciel et terre, puis tu es comme l'hirondelle qui replie ses ailes, légère et gracieuse, tu touches le sol, l'espace d'un instant, mais seulement pour t'envoler de nouveau... vers l'horizon, vers l'infini...

Les paroles de Lili semblaient, elles aussi, être devenues des battements d'ailes qui emplissaient de leur bruissement le grand gymnase soudain transformé en sanctuaire.

Des larmes glissaient sur les joues rondes de Corina. Lili secoua la tête comme si elle sortait d'un songe. Sa longue queue de cheval rousse voleta un moment autour de son visage.

La porte du gymnase s'ouvrit soudain et le vieux Michel parut, rompant le charme étrange.

— Madame Lili, avez-vous oublié l'heure? La voiture sera bientôt là.

— Je viens, lança Lili en sautant de la poutre. Merci, Michel.

Du seuil de la porte où il se tenait, Mitran demanda pour cacher son trouble:

— Vos bagages sont prêts?

Lili éclata de rire.

— Presque, dit-elle en quittant la salle.

Mitran entra au vestiaire.

— Vite les filles! Cinq minutes pour vous changer et rendez-vous dans la cour pour saluer Lili!

La voiture attendait déjà dans la cour lorsque Corina arriva avec ses copines. Le vieux Michel mettait les bagages de Lili dans le coffre au moment où la jeune femme, en tenue de voyage, sortait de l'école.

— Vous nous écrirez? criaient les filles.

Lili serrait les mains, déposait des baisers sur les joues tout en poursuivant son chemin vers la voiture. Mitran s'approcha au moment où elle allait monter.

— Au revoir, dit Mitran en lui tendant la main, et... bonne chance.

Lili le regarda un instant. Elle hésita puis murmura:

— Vous aviez raison, cette petite Corina est douée. Elle peut sûrement réussir, si elle travaille... Bonne chance à vous.

Elle s'engouffra dans la voiture.

— Bon voyage, criaient les filles.

— Vous nous manquerez, Lili.

— Vous me manquerez aussi, dit la jeune femme en envoyant la main.

— Au revoir, à bientôt, Lili.

— Au revoir... aux Olympiques.

La voiture s'éloigna vers l'aéroport et l'avion qui allait emporter Lili dans un autre pays.

* * *

Pour les gymnastes, la vie reprit vite son cours normal. Non pas qu'elles oublièrent leur professeure, mais les longues heures de travail remplissaient si bien leurs journées qu'il ne leur restait plus beaucoup de temps pour penser à Lili et s'ennuyer d'elle. D'ailleurs, un joyeux événement arriva à point pour les distraire: l'anniversaire de Corina.

En cachette, avec le chef cuisinier de l'école, Mitran avait organisé une fête. Dans la grande salle à manger des élèves, on avait dressé les tables avec de jolies nappes colorées et, sur chaque table, on avait posé une bougie et un panier de fruits et de friandises. Tout le monde était déjà en place lorsque Mitran entra avec Corina. La surprise fut si grande qu'elle resta un moment clouée sur place, ébahie. Des applaudissements et des rires l'accueillirent. Dans la semi-obscurité, elle s'avança vers le centre de la pièce et aperçut soudain un visage familier au fond de la salle: Dalia!

Elle allait s'élancer vers elle, mais s'arrêta net. Cachée jusque-là derrière Dalia, une tête ébouriffée venait de se montrer. Corina n'eut aucun mal à reconnaître Chou-Fleur évidemment, même dans la pénombre. Elle sentit aussitôt des picotements qui lui gratouillaient la gorge. Quelle merveille qu'ils aient fait le voyage jusqu'ici pour son anniversaire, mais leur présence éveillait aussi souvenirs et mélancolie: sa famille, ses amis, sa ville lui manquaient soudain. Intimidée, Corina eut une seconde d'hésitation, mais Mitran la poussa doucement.

Elle avança vers Dalia qui venait à sa rencontre, les bras tendus.

— Comme tu as grandi déjà! s'exclama Dalia en l'embrassant.

— Bon anniversaire, murmura Chou-Fleur en lui plantant sur la joue un baiser qui la fit horriblement rougir.

— C'est gentil d'être venus, dit Corina un peu embarrassée.

— Et ce n'est pas tout, tu verras les tas de surprises que ta famille m'a remises pour toi.

Mitran intervint.

— Pour l'instant, à table, tout le monde est affamé, j'en suis sûr, et le chef cuisinier me chuchote que nous allons gaspiller son rôti.

La fête fut merveilleuse, à tel point que le clou de la soirée arriva presque trop vite. Lorsque la lumière s'éteignit, toutes les voix se turent comme si un signal secret venait de circuler. À la porte de la salle venait de paraître une montagne de bougies portées par des mains invisibles. On distinguait à peine le haut bonnet blanc du chef cuisinier sur lequel dansaient des filets de lumière vacillante. Lorsqu'il déposa le gros gâteau d'anniversaire sur une table, Mitran ralluma et les cris d'enthousiasme jaillirent de partout.

— Du gâteau!

— Un gros morceau pour moi!

Un sourire de connivence aux lèvres, Maria chuchota à l'oreille de Corina.

— Enfin, nous sommes vengées de la petite vermine, c'est lui cette fois qui n'en aura pas une miette.

Corina faillit s'étouffer de rire.

Un grand couteau plat à la main, Mitran fit signe à Corina.

— Approche, Corina, voyons s'il te reste encore un peu de place après tout ce que tu viens d'avaler.

Un tintamarre de chaises résonna dans la salle lorsque les filles vinrent entourer Corina.

— Fais un vœu, Corina!

— Souffle très fort, tu ne dois pas rater.

Corina se concentra en fixant le gâteau.

— C'est quoi ton vœu? demanda Maria.

— C'est un secret...

La flamme des bougies vacillait sur le gâteau et allumait deux lumières vives dans les yeux noisette de Corina.

La fillette ferma les yeux, se recueillit un instant, puis elle inspira profondément et souffla très fort sur les bougies qui s'éteignirent d'un seul coup. Des cris de joie saluèrent la réussite de Corina.

Mitran lui tendit le couteau, hésita une seconde puis le retira aussitôt.

— Non, dit-il, tu feras les morceaux trop gros. Je vais le couper moi-même.

Les cris de protestations qui s'élevèrent dans la salle n'eurent aucun effet sur Mitran, qui commença la distribution du gâteau sans se laisser fléchir.

Ce fut une délicieuse et magnifique

soirée à laquelle il fallut pourtant mettre un terme.

Corina pleura un peu lorsque Dalia lui remit les présents de sa famille, mais le bonheur l'emporta vite sur la tristesse et cette nuit-là, le sommeil de Corina fut peuplé de rêves merveilleux et de... médailles d'or.

CHAPITRE
8

Après le départ de Lili, Mitran avait été nommmé premier entraîneur des gymnastes. Corina en était ravie d'ailleurs, elle aimait bien Mitran, son sourire et ses chiquenaudes. Aussi, comme ses collègues, fut-elle très étonnée par le changement perceptible dans l'attitude de l'entraîneur. Non seulement il semblait avoir perdu son sourire, mais ses exigences dépassaient même celles de Lili.

Qu'arrivait-il donc? Pourquoi devenait-il aussi sévère, aussi impitoyable à la moindre erreur? Peut-être Mitran ne le savait-il pas lui-même. Mais entre elles, les filles avaient commencé à l'appeler Mitran-le-tyran.

Dur pour tout le monde, il l'était davantage encore pour Maria et surtout Corina, un peu comme si les petites de sa ville natale étaient tout à coup devenues pour lui le symbole de sa compétence qu'il mesurait à celle de Lili, et même le gage de sa propre réussite.

Chaque jour qui passait les amenait inexorablement vers le test final et la tension grandissait.

Guidée par la main ferme de Mitran, Corina travaillait avec acharnement, mais de plus en plus, et presque uniquement la gymnastique, au détriment de toutes ses matières scolaires.

«Lili me manque terriblement», écrivit-elle un jour à ses parents, qui s'étonnèrent qu'elle ne mentionne même pas Mitran. Mais ce qui frappa surtout son père, ce fut... les fautes d'orthographe de Corina. L'occasion était bonne d'exprimer sa frustration, lui qui ne s'était jamais résigné au départ de sa fille.

— Qu'est-ce que c'est que cette école où elle apprend à faire des triples sauts, mais où on ne lui montre même pas à écrire une lettre sans faute!

— Allons, protesta la mère de Corina, ce n'est sûrement pas l'école qui est coupable...

Mais elle s'inquiéta aussi. Et avec raison, car les résultats scolaires de Corina avaient commencé à chuter dangereusement.

* * *

À ce moment-là un événement vint un peu alléger l'atmosphère: Marion fut nommé à Deva pour remplacer Lili. Son arrivée eut sur Mitran un effet immédiat. Il était ravi de revoir son ami et de recommencer à travailler avec lui. Son humeur s'améliora visiblement et les filles poussèrent un soupir de soulagement. Pendant quelques semaines, il recommença même à distribuer des chiquenaudes!

Hélas, le moment de répit dura peu, car Mitran fut bientôt repris par l'obsession du concours et... de la victoire. Pour Corina, le soupir de soulagement se transforma bientôt en soupir de découragement. Malgré les efforts qu'elle faisait, Mitran n'avait jamais l'air satisfait. Rien n'était jamais assez bien, assez beau, assez parfait. Il lui arrivait parfois de quitter la salle d'exercices en ravalant ses larmes, et son amie Maria avait cru l'entendre pleurer à quelques reprises, le soir, cachée sous ses couvertures.

Dès son arrivée, Marion avait lui aussi noté le changement chez son ami, mais sans en souffler mot. Du mieux qu'il pouvait, il tentait de compenser cette sévérité auprès des filles par son sourire et ses encouragements. Mais pour Corina, il était déjà un peu tard et lorsqu'elle s'éveilla, ce matin-là, un puissant mal de tête la força à refermer les yeux. Malgré les exhortations de Maria, elle n'arrivait plus à se tirer du lit. Avait-elle pressenti ce qui l'attendait?

Aussitôt que Corina arriva en classe, on l'informa que la directrice de l'école la priait de se présenter immédiatement à son bureau. Du coup, son mal de tête empira. Elle savait trop bien pourquoi on la convoquait!

Elle sortit sans dire un mot et longea le long couloir jusqu'au bureau de la directrice. Elle frappa discrètement à la porte comme si elle espérait qu'on ne l'entende pas. La voix de la directrice la détrompa aussitôt:

— Entre, Corina.

À contrecœur, Corina poussa la porte et faillit s'évanouir à la vue de Mitran et Marion qui l'attendaient en présence de la directrice. C'était donc encore plus sérieux qu'elle n'avait cru! Elle n'eut guère longtemps à attendre, car la directrice l'interpella aussitôt.

— Qu'est-ce qui t'arrive, Corina? Les résultats de tes derniers examens sont désastreux. On dirait presque que tu l'as fait exprès...

Corina fixa résolument le bout de ses chaussures.

— Tu m'as entendue? demanda la directrice. J'aimerais bien avoir une explication.

À la grande surprise de Corina, ce fut Marion qui prit sa défense.

— Madame, je crois qu'il faut donner encore une chance à Corina; après tout, elle a quand même la note de passage, sauf en math, évidemment...

— À notre école, la note de passage ne suffit pas, protesta la directrice. Corina ne peut rester à Deva si ses notes ne s'améliorent pas. D'ailleurs, j'aviserai ses parents...

Corina ne vit pas le regard que Marion lança à son ami Mitran; celui-ci hésita un instant avant d'expliquer.

— Corina a travaillé très, très fort ces derniers temps...

Le regard perplexe de la directrice l'arrêta.

— Je veux dire en gymnastique...

À son tour, Corina regarda Mitran sans comprendre. Il n'avait pourtant pas semblé très satisfait de ses efforts lui non plus.

— Je réfléchirai, dit la directrice. Retourne à ta classe, Corina.

La fillette s'éclipsa sans même prendre la peine de saluer.

Elle attendit avec hantise la visite de son père le dimanche suivant, mais elle se rassura en le voyant arriver: il souriait! Malheureusement, son réconfort fut de courte durée, car elle dut aussitôt l'accompagner chez la directrice.

— Je ne suis pas du tout satisfaite des résultats de Corina, commença aussitôt la dame d'un air sévère. Ici, à Deva, nous ne gardons pas les élèves médiocres, même si elles excellent en gymnastique.

Le mot «médiocre» fit bondir Corina, mais elle n'osa pas protester. D'ailleurs, les résultats qu'énumérait la directrice à monsieur Tanase parlaient d'eux-mêmes.

L'air sombre, monsieur Tanase écouta la pénible liste en silence, puis il se tourna vers sa fille; rouge jusqu'à la pointe des cheveux, celle-ci regardait obstinément le parquet.

— Et alors, Corina, qu'est-ce que tu en dis?

Corina garda le silence, parce que justement elle n'avait rien à dire. Elle savait pertinemment qu'elle n'avait pas très bien équilibré ses efforts entre la classe et la gymnastique.

— Il n'en tient qu'à toi, reprit son père. Ou bien tu te mets sérieusement à ton travail scolaire, ou tu rentres à la maison. C'est clair?

Corina hocha péniblement la tête, l'air de dire: «Est-ce que l'entretien est bientôt terminé?»

Elle ne se fit pas prier pour quitter le bureau même si elle savait qu'elle n'allait pas échapper aux explications avec son père.

Décidément, ce fut pour la pauvre Corina un autre dimanche désastreux.

* * *

Pourtant, dès le soir même, faisant contre mauvaise fortune bon cœur, Corina se mit résolument à l'œuvre. Son amie Maria fut fort étonnée de la trouver penchée sur son cahier de mathématiques lorsqu'elle entra dans la chambre.

— Quel est le poids total d'un poisson dont la queue pèse la moitié du poids de la tête, mais dont le corps entier égale le poids combiné de la tête et de la queue...

marmonnait Corina.

L'arrivée de Maria fut pour Corina une excellente occasion d'exprimer ses frustrations.

— Je n'ai jamais rien vu d'aussi stupide, ragea Corina. Ça me donne quoi de savoir combien pèse la queue d'un poisson?

— Apprendre à compter, rétorqua Maria en riant.

— Les poissons, moi, je les mange, je ne les pèse pas! cria Corina en colère.

Maria haussa les épaules, un peu ennuyée par l'obstination de Corina.

— Mange-les si tu veux, dit-elle, mais si tu rates tes examens, tu quittes Deva et la gymnastique aussi.

La douche d'eau froide ramena Corina sur terre. Elle jeta un regard noir à son amie, mais se replongea le nez dans son livre.

*   *   *

Corina n'était ni très fière ni très enthousiaste lorsqu'elle se présenta au cours de gymnastique le lendemain. Elle gagna sa place en se traînant les pieds. Rien n'allait plus. Son père était mécontent qu'elle soit à Deva, la directrice était insatisfaite de ses résultats scolaires et Mitran était déçu de sa performance. À quoi bon faire des efforts si

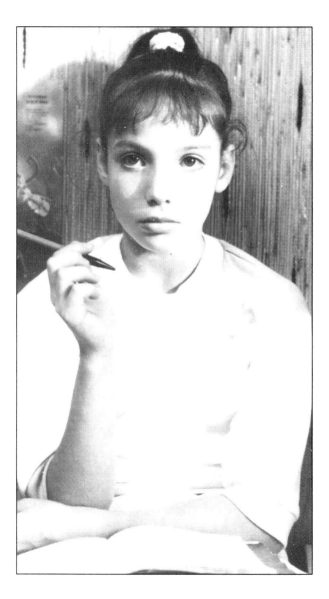

personne n'était jamais satisfait? Y avait-il quelqu'un au monde qui l'aimait comme elle était? Juste pour ce qu'elle était, sans attendre qu'elle produise des miracles à tout coup? Oui, grand-mère!

Corina ruminait des idées noires tout en écoutant distraitement les instructions de Mitran. Elle commença ses exercices comme un pantin mécanique. Elle levait les bras, avançait la jambe, arquait les reins, exécutait les sauts et les culbutes comme si un petit moteur réglait ses gestes.

— Ton élan est trop faible, disait Mitran.

Corina reprenait l'exercice.

— Tu dois terminer ton saut les bras tendus, sinon tu es automatiquement disqualifiée, tu le sais bien. Allez, recommence.

Corina avait l'impression de faire les mêmes gestes depuis des heures. Pas une fois elle n'avait levé les yeux sur Mitran. La voix de Marion lui parvenait parfois à travers le brouillard de ses pensées. Elle ne savait pas très bien si ses instructions s'adressaient à elle ou à d'autres gymnastes. Il lui semblait exécuter les ordres de tout le monde sans discernement.

— Tu n'écoutes pas, Corina, avait répété Mitran à quelques reprises.

Non, Corina pensait à grand-mère...

La sonnerie annonça la fin des cours et Corina suivit Maria qui l'entraînait au vestiaire. La fillette avait noté le regard perdu de son amie tout au long du cours et elle s'inquiétait.

— Qu'est-ce que tu as? chuchota Maria en se rhabillant.

Corina la repoussa.

— Rien! lança-t-elle avant de quitter le vestiaire sans attendre Maria.

Aussitôt le repas du soir avalé, Corina fila dans sa chambre et s'absorba dans ses devoirs. Ni les questions ni les blagues de Maria ne réussirent à la tirer de son mutisme. Corina bûchait sur les problèmes de poissons! Et ils vinrent même peupler ses rêves pendant la nuit.

Pour Corina, les jours qui suivirent se succédèrent dans le même état d'esprit. Elle se sentait dépassée, vidée, inquiète, sans une once d'énergie. Tout lui semblait trop gros, trop lourd à supporter. Aucun de ses efforts ne lui semblait porter fruit. Elle se sentait infiniment seule, sans personne avec qui partager son angoisse. Elle ne savait pas que les adultes pouvaient se sentir exactement de la même façon parfois, et elle n'aurait surtout pas imaginé que Mitran vivait les mêmes inquiétudes, presque pour les mêmes raisons, entre autres la crainte de l'échec. Et pourtant, c'était précisément ce qui se passait. Être nommé à l'école de Deva comme entraîneur était un défi au moins aussi grand pour Mitran que pour Corina d'être acceptée comme élève, mais elle ne pouvait pas le savoir. Et surtout, Corina ne pouvait pas s'expliquer le changement d'attitude de son entraîneur. Non seulement il avait perdu son sourire, mais il ne donnait plus de chiquenaudes. Sa voix était devenue plus sèche, ses instructions plus tranchantes.

Elle se croyait responsable du changement d'attitude de Mitran et, du coup, sa confiance en elle-même diminuait, au point que Corina cessa presque de croire en ses possibilités de réussir.

* * *

Ce matin-là avait commencé de façon particulièrement pénible. Corina se sentait fatiguée, mal en point, et Mitran aussi, manifestement. Dès ses premiers exercices, elle se fit rabrouer.

— Tu es raide comme une tige de métal. Bouge un peu ces jambes, Corina.

Corina évita le regard de Mitran et se remit en position sur la poutre.

— Lève la tête et redresse tes épaules.

La fillette reprit l'exercice depuis le début sous le regard attentif de Mitran. Mais loin de la stimuler, ce regard la paralysa. Elle exécuta sur la poutre une culbute parfaitement réussie, mais qui se termina, hélas, par une chute spectaculaire. Mitran explosa.

— Je n'en crois pas mes yeux! Vas-tu enfin te mettre dans la tête qu'on ne devient pas championne sans travailler? Combien de fois dois-je te répéter la même chose?

L'explosion soudaine de Mitran jeta un froid sur toute la salle. La tension des gymnastes monta aussitôt d'un cran. Inquiet, Marion tenta discrètement de détendre l'atmosphère. Il s'approcha de Corina et lui tapota légèrement l'épaule.

— On fait une pause? dit-il à Mitran, qui n'eut d'ailleurs pas le choix.

Marion ordonna:

— Cinq minutes de repos, les filles.

Si Marion avait espéré calmer son ami, ce fut peine perdue, car Mitran s'éclipsa de la salle pendant toute la durée de la pause.

Rejointe par Maria, Corina s'était réfugiée dans un coin de la pièce, le visage fermé. L'atmosphère était décidément à l'orage. Dès la reprise des exercices, Corina se comporta comme une débutante, malgré les exhortations muettes de Maria.

Était-ce uniquement par lassitude ou dans le but plus ou moins conscient de faire enrager Mitran? Quoi qu'il en soit, ça n'allait pas tarder. Pour la dixième fois peut-être, il lui avait fait reprendre le même exercice, en critiquant chaque fois chacun de ses mouvements.

— Recommence, ordonnait-il sèchement.

Distraites par la bataille que se livraient l'entraîneur et l'élève, les autres gymnastes avaient elles aussi diminué le rythme malgré les efforts de Marion.

— Recommence, lança encore une fois Mitran.

Une fois de trop... Corina sauta de la poutre en plein vol et atterrit aux pieds de Mitran.

— Non, je ne veux pas recommencer, murmura-t-elle sans lever les yeux.

Les paroles de Corina eurent l'effet d'une gifle.

— Qu'est-ce que j'entends? marmonna Mitran entre ses dents. Sûrement j'ai mal compris. Est-ce que tu n'as pas choisi librement de venir à Deva? Et maintenant que tu es ici, tu abandonnes? Pas question, Corina. Remonte sur la poutre immédiatement!

Corina ne bougea pas, rivée au sol comme une statue de plâtre.

— Vas-y, Corina, chuchota Maria qui s'était rapprochée.

Corina secoua la tête.

— C'est inutile de t'entêter, cria Mitran, ou tu te mets au travail, ou tu quittes la salle immédiatement...

À ce moment précis, Mitran croisa le regard réprobateur de Marion. Il ajouta, un peu radouci.

— À moins que tu aies une raison valable...

Corina sauta sur l'excuse comme sur une planche de salut. Le doux visage de grand-mère se présenta aussitôt à son esprit.

— Mes mains me font mal.

Inattendue, la réponse de Corina désempara Mitran pendant un moment.

— Vraiment? demanda-t-il. Fais voir.

Pour la première fois, Corina le regarda droit dans les yeux en lui présentant ses mains avec un air de défi. Mitran saisit les deux petites mains rougies mais intactes de Corina.

— Tes mains te font mal, dis-tu?

— Oui, rétorqua fermement Corina.

La colère flamba sur le visage de Mitran.

— Alors, crois-moi, elles n'ont pas fini de te faire mal! Tu as intérêt à trouver une meilleure excuse parce que tes mains sont en parfait état, Corina!

La fillette éclata en sanglots et le silence pesa lourd comme du plomb dans la salle. Plus une gymnaste ne bougeait.

— Ça suffit, tout le monde à la douche, ordonna Marion sur un ton sans réplique.

La salle se vida instantanément.

La voix ferme de Marion sembla tirer Mitran d'un cauchemar, mais encore sous le coup de la colère, il se mit à tempêter en marchant de long en large.

— Au lieu de s'améliorer, Corina empire! Elle n'écoute plus, ne travaille plus, une vraie dilettante. Elle n'a aucune chance de réussir à la compétition! Corina devient un véritable problème...

— Si tu veux mon avis, s'exclama Marion, je ne crois pas que ce soit la petite qui devienne un problème...

Mitran arrêta brusquement de marcher.

— J'ai plutôt l'impression que c'est toi!

Interloqué par le ton inhabituel de son ami, Mitran le regardait, bouche bée. Il n'eut d'ailleurs pas l'occasion de rétorquer car Marion poursuivit:

— Et même si Corina échouait, où serait le drame? Peux-tu m'expliquer pourquoi tu en fais une question de vie ou de mort? Tant pis si nous ne remportons pas la médaille, ce n'est pas plus grave.

Un peu revenu de sa surprise, Mitran allait protester, mais Marion l'interrompit.

— Bien sûr, toi et moi, nous sommes les nouveaux entraîneurs à Deva et c'est normal que tu sois inquiet...

— Comme tu dis, c'est normal, protesta enfin Mitran, nous n'avons pas le droit de ternir la réputation de Deva...

Marion hocha la tête et fixa longuement son ami. Il lui serra l'épaule en souriant un peu tristement.

— Écoute, monsieur Chiquenaude, toi et moi, nous avons choisi d'enseigner la gymnastique parce que ça nous plaisait. Faire un travail parce qu'on l'aime, c'est important, non? Tu sembles l'avoir oublié. Où est passé ton sourire? Je ne te reconnais plus, Mitran. Avant, tu travaillais pour le plaisir, pas pour la gloire...

Mitran ne répondit pas. Marion s'éloigna en marmonnant:

— Et tu semblais pas mal plus heureux, aussi...

Il ne sut jamais si Mitran avait entendu sa dernière remarque. Ou bien parce qu'il n'écoutait pas ou parce que la pluie s'était soudain mise à frapper très fort sur les vitres du gymnase.

CHAPITRE
9

Corina avait filé dans sa chambre en quittant le cours. Elle ne s'était pas présentée au repas du soir sous prétexte d'un lancinant mal de tête. Lorsque Maria entra, Corina était au lit, les yeux fermés, le drap bien tiré sur elle jusqu'au menton.

Maria alluma la petite lampe sur sa table de chevet et s'approcha de Corina. La pluie lourde tambourinait à la fenêtre.

— T'as pas besoin de faire semblant avec moi, Corina, je sais que tu ne dors pas.

Enveloppée dans son drap, immobile, Corina avait l'air d'une momie qui reposait depuis des siècles. Maria tira légèrement sur le drap.

— Corina! Qu'est-ce que tu fais là, couchée toute habillée? Ça va pas?

Prise comme une souris dans un piège, Corina se dépêtra des couvertures tant bien que mal et bondit hors du lit.

— Je ne veux plus rester ici, cria-t-elle. Je veux rentrer chez moi, tout de suite!

Maria la regarda un moment, effarée.

— Tu dois être tombée sur la tête. Tu es folle, ma parole?

— Non, je ne suis pas folle, protesta Corina en attrapant son manteau. Je rentre chez moi! Je rentre chez moi! Je rentre chez moi!

De nature normalement posée et raisonnable, Maria se retrouva cette fois complètement désemparée devant l'attitude de Corina. D'ailleurs, le projet de son amie lui semblait tellement invraisemblable qu'elle n'en croyait pas un mot.

Corina hurlait presque, au bord de l'hystérie.

— Je ne veux pas rester ici une seconde de plus, dit Corina en se dirigeant vers la porte.

— Eh bien, vas-y, retourne à Livezi! Mais si tu renonces maintenant, c'est fini, tu ne feras jamais rien de bon!

Tout en parlant, Maria s'était placée entre la porte et Corina, qui la repoussa brutalement.

— Laisse-moi sortir d'ici!

Désemparée devant la violence de son amie, Maria se rendit compte que rien ne pourrait lui faire entendre raison.

— Écoute, Corina, je suis d'accord. Attendons demain matin et je pars avec toi.

Mais Corina avait tourné la poignée et filé dans le couloir sans que Maria ait pu la retenir.

— Non, Corina, reviens!

La pluie qui faisait rage couvrit la voix de Maria.

Corina avait couru jusqu'à la porte de l'école sans alerter le gardien, mais ce furent les cris de Maria qui l'attirèrent en même temps que Mitran et Marion.

— Qu'est-ce c'est que ce vacarme en pleine nuit? s'exclama Marion en rejoignant Maria sur le seuil de la porte.

— Corina! se contenta de crier la fillette en sortant sous l'orage.

Mitran comprit aussitôt.

— La petite sotte, dit-il en repoussant Maria à l'intérieur. Ne bouge pas, attends ici.

Les deux hommes se précipitèrent dans la cour avec le portier qui les suivit en grommelant, son grand parapluie ouvert à la main. Les deux autres furent aussitôt trempés jusqu'aux os.

La pluie tombait comme si Corina avait appelé sur elle toutes les larmes du ciel.

— De quel côté a-t-elle pu aller? demanda Marion au vieux Michel.

Furieux de s'être fait traîner dehors sous un orage pareil, le vieux bougonna:

— En voilà une question! Si je l'avais vue filer, je l'aurais arrêtée!

Les hommes hésitaient, indécis. Dans le grand jardin noir, ils n'arrivaient pas à voir à deux pas devant eux.

— Corina! cria Mitran.

Mais sa voix se perdit dans le déluge.

— Allons par là, elle a dû s'enfuir sur la route.

— Impossible, grogna Michel, la barrière est fermée à clé et elle n'aurait jamais pu grimper par-dessus la clôture.

— Essayons les buissons dans la cour arrière.

Dégoulinants, les trois hommes tournaient en rond comme des marionnettes. Finalement, Michel s'engagea résolument dans un sentier en pataugeant entre les arbres. Soudain, par intuition ou par hasard, il leva la tête et aperçut Corina perchée à cheval sur une branche, à moitié dissimulée dans le feuillage. La surprise faillit l'étrangler.

— Je n'ai encore jamais vu une chose pareille! Descends de là, immédiatement!

Puis aussitôt, le vieux Michel se radoucit.

— Tu vas te rendre malade, chuchota-t-il en tendant son parapluie à Corina.

Surprise par la soudaine gentillesse du vieux portier, Corina accepta le parapluie à demi ouvert. Elle esquissa un sourire.

Les deux entraîneurs avaient rejoint Michel. Mitran n'eut pas besoin d'intervenir, car délogée de sa cachette, bien qu'encombrée du parapluie, Corina avait amorcé sa descente sur le tronc gluant. Ce fut Marion qui la reçut dans ses bras et courut vers l'école.

Il la déposa à côté de Maria, qui avait attendu le retour des hommes avec angoisse. Elle attrapa Corina dans ses bras en pleurant.

Mitran n'avait pas prononcé une parole. Des sentiments confus l'envahissaient. Il ne savait pas s'il se sentait responsable, soulagé ou furieux. Il fut sûrement reconnaissant de l'intervention de Marion.

— Les explications attendront à demain. Tout le monde au lit.

Maria ne demandait pas mieux. Elle entraîna Corina en courant.

— Pourquoi tu as fait ça? murmura-t-elle plaintivement en entrant dans la chambre. Tu risques d'être renvoyée de l'école maintenant.

Le visage fermé, Corina enlevait ses vêtements trempés et se glissait sous les couvertures. Oui elle risquait d'être renvoyée de l'école. Et après? Quelle importance? Elle voulait partir de toutes façons. Elle ferma les yeux et fit mine de s'endormir aussitôt. Recroquevillée dans son lit, Maria pleurait.

Corina ne dormait pas non plus, bien sûr. Mille pensées contradictoires se bousculaient dans sa tête. La gymnastique, le championnat, la médaille d'or... Depuis longtemps elle en rêvait pourtant. Que se passait-il donc? Pourquoi renonçait-elle tout à coup? À cause de Mitran?

Peut-être que le durcissement d'attitude de son entraîneur lui avait volé tout le plaisir de la gymnastique ces derniers temps? Corina nageait en pleine confusion. Petit à petit, le regret s'installait en elle. Si on la renvoyait de l'école maintenant, c'en était peut-être fini pour elle de la gymnastique. Jamais plus elle ne ressentirait le plaisir de sentir ses muscles qui se raidissaient sous l'effort; elle ne vivrait plus la sensation exaltante de s'envoler dans les airs comme un oiseau, de devenir papillon, étoile filante. Corina découvrait toute l'importance de faire ce que l'on aime dans la vie, d'y trouver plaisir et satisfaction. Et ce plaisir venait aussi de l'échange, de l'approbation des autres. Or Mitran ne souriait plus...

Corina s'endormit, le cœur rempli d'angoisse.

*   *   *

Dès qu'elle aperçut Mitran le lendemain matin, Maria se précipita vers lui.

— Corina sait qu'elle a fait une chose stupide, elle ne recommencera plus jamais, elle me l'a dit! Il faut lui pardonner.

Mal à l'aise, Mitran détourna les yeux.

— Écoute, ce que Corina a fait n'est pas de mon ressort. C'est à la direction de l'école de décider.

Maria s'accrocha à sa manche.

— Oh, sûrement vous pouvez faire quelque chose! Corina le regrette. Vous ne pouvez pas la laisser partir!

Mitran retira la main de Maria.

— Désolé, je n'y peux rien, mais tu dois transmettre un message à Corina pour moi... Dis-lui que la gymnastique, c'est comme une vieille amie qu'on ne peut pas se permettre de trahir...

Il s'éloigna sous les yeux d'une Maria perplexe. Elle marmonna:

— J'avais pourtant cru qu'il était l'homme le plus généreux du monde...

Corina, restée dans sa chambre, attendait fébrilement la convocation de la directrice, et ce ne fut pas une entrevue des plus agréables.. Mais à sa grande surprise, madame la directrice déclara enfin:

— Malgré ta bêtise, Corina, la direction a décidé que tu pouvais rester, mais tous tes droits de sorties sont annulés jusqu'à la compétition. Et attention, nous ne tolérerons pas une seule incartade de ta part, tu m'entends? Et maintenant, file à ton cours.

Mi-soulagée, mi-angoissée de l'accueil que Mitran allait lui réserver, Corina s'esquiva. Elle entra discrètement dans la salle de gymnastique alors que les élèves étaient déjà en rang, prêtes à recevoir les instructions de leurs professeurs.

— N'oubliez pas, disait Mitran, après le

cours aujourd'hui, vous avez une séance d'essayage pour vos costumes de compétition.

Il s'arrêta brusquement et tourna la tête vers Corina.

— Tiens, mademoiselle Corina a décidé de venir au cours, et en retard en plus!

— Je suis désolée, monsieur...

Corina se faufila à sa place en tentant de se faire aussi petite qu'une souris. Seul le sourire éclatant de Maria lui redonna courage. Elle lui rendit timidement son sourire.

Corina se remit au travail avec une ardeur désespérée. À son immense soulagement, pas une seule fois Mitran ne fit allusion à son escapade. Le grand moment approchait si vite et il y avait tant à faire que personne ne voyait passer les journées.

Les heures de pratique intense, l'essayage des costumes, l'énervement du départ prochain remplissaient si bien les heures que les élèves ne pouvait penser à autre chose.

Puis le grand jour arriva enfin. Le lendemain, l'équipe prenait l'avion vers l'Espagne. Vingt-sept pays allaient participer à la compétition, avait dit Mitran... vingt-sept équipes qu'il fallait vaincre! Pourtant ce soir, alors qu'elles terminaient leurs bagages avant d'aller au lit, Corina et Maria ne parlaient pas de la compétition mais de l'avion!

Leur premier voyage en avion, leur baptême de l'air.

— Tu auras peur? demanda Corina.

— Un peu, peut-être. Et toi?

Corina hésita un instant.

— Je ne crois pas, je serai un oiseau dans les nuages... Notre premier vol! Il nous portera chance, tu verras.

Maria rit.

— Vite, au lit, on nous réveille à l'aube demain.

Corina s'endormit bientôt malgré l'énervement. Mais son sommeil se peupla de rêves. Elle se transforma en oiseau aux ailes multicolores, elle devint nuage, étoile... jusqu'à ce que la sonnerie du réveil la fasse retomber sur terre.

*   *   *

Puis ce fut la course du départ. Le car jusqu'à l'aéroport, l'avion, l'arrivée en Espagne, un pays tout neuf à découvrir, si différent de Deva. Mitran et Marion eurent toutes les peines du monde à calmer leurs ouailles. Tout le monde s'exclamait, s'émerveillait, parlait en même temps. L'une après l'autre, les équipes des autres pays arrivaient à leur tour. La place bourdonnait comme une véritable ruche. Les gymnastes prenaient possession de leur chambre, défaisaient leurs bagages et sortaient leurs costumes tout neufs aux couleurs de leur pays. À peine une petite journée pour se familiariser avec les lieux; et pas une journée de loisirs, au contraire. Aussitôt leurs élèves installées, les entraîneurs avaient mené tout le monde à la salle d'exercice pour une dernière pratique avant le grand moment...

CHAPITRE
10

L'immense salle était pleine à craquer. Les spectateurs avaient envahi les gradins jusqu'au dernier siège et les vingt-sept équipes de gymnastes avaient gagné avec leurs entraîneurs les places qui leur avaient été assignées. Les couleurs chatoyantes des costumes étaient une fête pour les yeux et transformaient la salle en un vaste jardin fleuri.

Soudain, en même temps que Mitran, Corina aperçut Lili avec ses élèves, qui portaient les couleurs du Luxembourg.

— Regardez qui est là, s'exclama Corina.

Mais une voix forte venait de couvrir les murmures de la foule. Le présentateur annonçait:

— Mesdames et messieurs, je déclare ouvert le championnat mondial de gymnastique. Nos participantes représentent aujourd'hui vingt-sept pays. Voici maintenant les équipes. Bonne chance à toutes...

Du fond de la salle, Lili aussi avait aperçu Corina. Son visage s'était éclairé d'un sourire et sa main avait esquissé un salut auquel Corina avait répondu.

— Attention, intervint Mitran. Tu ne dois te laisser distraire par personne dans cette salle. Concentre-toi. Tu ne vois personne et tu n'entends rien, tu m'as compris?

Corina baissa les yeux et fit signe que oui. Lili aussi sembla avoir perçu le message, car elle revint aussitôt à ses élèves. Déjà les épreuves commençaient, et les premières candidates exécutaient les mouvements du programme au cheval-sautoir, à la poutre, aux barres et en exercices libres au sol. Quel splendide et merveilleux spectacle. Toutes ces jeunes filles qui se mouvaient, sous les yeux de la foule ébahie, comme si elles défiaient la loi de la pesanteur. Des petits corps légers, gracieux, sautaient, culbutaient, virevoltaient avec une étonnante maîtrise.

Par ordre alphabétique des pays, les candidates défilaient. Le Canada, l'Espagne, les États-Unis, la France, l'Italie, le Japon, le Luxembourg... Lili avait repris son air distant et professionnel.

Du bout de la piste, une gymnaste venait de s'élancer jusqu'au cheval-sautoir, ses mains qui plongeaient, son corps qui pivotait dans les airs avec une maîtrise parfaite pour retomber gracieusement au sol.

Maria la suivit: la course, l'élan sur le

tremplin, les bras qui se tendent sur le cheval, la magnifique double culbute dans les airs avant de revenir au sol, puis l'éloquent sourire de Marion. Puis Corina, même épreuve, mais avec une fantaisie: la course, culbute au sol, magistral saut sur le cheval et reculbute avant la parfaite retombée. Malgré lui, Mitran ne put s'empêcher de chercher Lili des yeux, mais il ne la vit pas dans la foule.

Une gymnaste tournait maintenant aux barres asymétriques pendant qu'une autre ratait son épreuve au sol et retournait à sa place le visage défait. Corina regardait tout, voyait tout.

Les fantastiques contorsions à la poutre avaient débuté. Les gymnastes y défilaient, l'une après l'autre. La Norvège, le Portugal... la Roumanie. Maria venait de monter. Une performance parfaite. Pas une faille, pas un accroc.

Les candidates des pays allaient et venaient, passaient d'une épreuve à l'autre sans interruption.

— Corina Tanase, annonça le présentateur.

Corina avança de deux pas, secoua la tête.

— Vas-y, dit Mitran.

Corina monta à son tour sur la poutre. Pas une fois son regard ne se tourna vers Lili.

«Tu déploies tes ailes...»

Elle leva les bras, plongea doucement, virevolta sur elle-même.

«Tu es comme une plume...»

Elle culbuta sur la poutre, de reculons.

«Comme un nuage qui flotte...»

Comme des ailes, ses bras se replièrent au-dessus de sa tête, elle bascula, exécuta une série de culbutes et retomba au sol, légère...

D'un geste de la tête, elle fit voler sa queue de cheval noisette. Le délire. Le sourire radieux de Lili, et une ombre de regret peut-être? Corina ne vit rien... Elle venait de s'envoler de nouveau «vers l'horizon, vers l'infini»...

Un tonnerre d'applaudissements que Corina n'entendit même pas. Elle revenait vers son équipe.

— Merveilleux! s'écria Mitran en lui décochant une chiquenaude. Tu es contente?

— Oui, murmura Corina.

— Tu as été superbe, dit Marion. Je suis fier de toi.

La Suisse, la Thaïlande... Puis ce fut le silence, l'angoissant silence de l'attente. Les juges cumulaient les points.

Les yeux fermés, Corina serrait dans sa petite main la feuille imaginaire qu'elle avait transformée en médaille, ce matin d'automne, deux ans auparavant, à Livezi.

Le haut-parleur craqua. Une voix solennelle annonçait:

— Au premier rang, la médaille d'or... Corina Tanase, de la Roumanie.

Corina avait-elle bien entendu? Ne rêvait-elle pas?

D'une petite chiquenaude, Mitran la poussa doucement vers le podium.

FIN

QUÉBEC/AMÉRIQUE JEUNESSE

CONTES
POUR TOUS

Carrier, Roch
    LE MARTIEN DE NOËL, sélection Club La Fête
Desjardins, Jacques A.
    TIRELIRE, COMBINES ET CIE #13
Goulet, Stella
    PAS DE RÉPIT POUR MÉLANIE #10
Julien, Viviane
    BYE BYE CHAPERON ROUGE #9
    C'EST PAS PARCE QU'ON EST PETIT
        QU'ON PEUT PAS ÊTRE GRAND #5
    DANGER PLEINE LUNE #14
    FIERRO… L'ÉTÉ DES SECRETS #8
    LA CHAMPIONNE #12
    LA GRENOUILLE ET LA BALEINE #6
    LE JEUNE MAGICIEN #4

Patenaude, Danyèle et Cantin, Roger
    LA GUERRE DES TUQUES #1
Renaud, Bernadette
    BACH ET BOTTINE #3
Rubbo, Michael
    LES AVENTURIERS DU TIMBRE PERDU #7
    OPÉRATION BEURRE DE PINOTTES #2
    VINCENT ET MOI #11
    LE RETOUR DES AVENTURIERS DU
        TIMBRE PERDU #15

COLLECTION
BILBO

Beauchemin, Yves
  ANTOINE ET ALFRED #40

Beauchesne, Yves et Schinkel, David
  MACK LE ROUGE #17

Cyr, Céline
  PANTOUFLES INTERDITES #30
  VINCENT-LES-VIOLETTES #24

Demers, Dominique
  LA NOUVELLE MAÎTRESSE #58

Duchesne, Christiane
  BERTHOLD ET LUCRÈCE #54

Froissart, Bénédicte
  Série Camille
  CAMILLE, RUE DU BOIS #43
  UNE ODEUR DE MYSTÈRE #55

Gagnon, Cécile
  LE CHAMPION DES BRICOLEURS #33
  UN CHIEN, UN VÉLO ET DES PIZZAS #16

Gingras, Charlotte
  Série Aurélie
  LES CHATS D'AURÉLIE #52
  L'ÎLE AU GÉANT #59
  LA FABRIQUE DE CITROUILLES #61
  LES NOUVEAUX BONHEURS #65

Gravel, François
  GRANULITE #36
  Série Klonk
  KLONK #47
  LANCE ET KLONK #53
  LE CERCUEIL DE KLONK #60
  UN AMOUR DE KLONK #62

Marineau, Michèle
  L'HOMME DU CHESHIRE #31

Marois, Carmen
  Série Picote et Galatée
  LE PIANO DE BEETHOVEN #34
  UN DRAGON DANS LA CUISINE #42
  LE FANTÔME DE MESMER #51
Moessinger, Pierre
  TROIS ALLERS DEUX RETOURS #13
Pasquet, Jacques
  MYSTÈRE ET BOULE DE GOMME #8
Roberts, Ken
  LES IDÉES FOLLES #6
Sarfati, Sonia
  LE PARI D'AGATHE #20
Tibo, Gilles
  NOÉMIE, LE SECRET DE
    MADAME LUMBAGO #64
Vonarburg, Élisabeth
  HISTOIRE DE LA PRINCESSE ET
    DU DRAGON #29

COLLECTION
GULLIVER

Beauchemin, Yves
  UNE HISTOIRE À FAIRE JAPPER #35
Bélanger, Jean-Pierre
  Série Félix
  LA BANDE À FÉLIX #32
  FÉLIX ET LE SINGE-À-BARBE #38
Brochu, Yvon
  Série Jacques Saint-Martin
  ON NE SE LAISSE PLUS FAIRE #19
  ON N'EST PAS DES MONSTRES #39
  ARRÊTE DE FAIRE LE CLOWN #44
Cyr, Céline
  LES LUNETTES D'ANASTASIE #18

LES PRISONNIERS DE MONSIEUR
    ALPHONSE #12
TU RÊVES, COMA #50

Dubé, Jasmine
LA TÊTE DE LINE HOTTE #23

Duchesne, Christiane
GASPARD OU LE CHEMIN
    DES MONTAGNES #1
VICTOR #37
LA BERGÈRE DE CHEVAUX #46
LA 42ᴱ SŒUR DE BÉBERT #48
LES PÉRIPÉTIES DE P. LE PROPHÈTE #56
Série Clara Vic
LA VRAIE HISTOIRE DU CHIEN
    DE CLARA VIC #26
BIBITSA OU L'ÉTRANGE VOYAGE
    DE CLARA VIC #2

Ellis, Sarah
QUELQUE TEMPS DANS LA VIE
    DE JESSICA #28

Gagnon, Gilles
L'ARMÉE DU SOMMEIL #10

Goulet, Stella
MILLE BAISERS, GRAND-PÈRE #3

Gravel, François
GUILLAUME #63

Lévesque, Louise
Série Bouquinville
ENTRE DEUX TEMPS #41
LES ENFANTS D'YDRIS #27
MENACE SUR BOUQUINVILLE #21

Mercier, Johanne
LE BLOND DES CARTES #22

Noël, Mireille
**Série Les Aventures de Simon
et Samuel Basset**
UN FANTÔME POUR L'EMPRESS #57

Pigeon, Pierre
   L'ORDINATEUR ÉGARÉ #7
   LE GRAND TÉNÉBREUX #9
Sarfati, Sonia
   SAUVETAGES #25
Vonarburg, Élisabeth
   LES CONTES DE LA CHATTE ROUGE #45

COLLECTION
TITAN

Arsenault, Madeleine
   COMME LA FLEUR DU NÉNUPHAR #28
Cantin, Reynald
   LA LECTURE DU DIABLE #24
   Série Ève
   J'AI BESOIN DE PERSONNE #6
   LE SECRET D'ÈVE #13
   LE CHOIX D'ÈVE #14
Côté, Denis
   NOCTURNES POUR JESSIE #5
Daveluy, Paule
   Série Sylvette
   SYLVETTE ET LES ADULTES #15
   SYLVETTE SOUS LA TENTE BLEUE #21
Demers, Dominique
   Série Marie-Lune
   LES GRANDS SAPINS NE MEURENT PAS #17
   ILS DANSENT DANS LA TEMPÊTE #22
Grosbois (de), Paul
   VOL DE RÊVES #7
Labelle-Ruel, Nicole
   Série Cri du cœur
   UN JARDINIER POUR LES HOMMES #2
   LES YEUX BOUCHÉS #18
Lazure, Jacques
   LE DOMAINE DES SANS YEUX #11

PELLICULES-CITÉS #1

Lebœuf, Gaétan
  BOUDIN D'AIR #12

Lemieux, Jean
  LA COUSINE DES ÉTATS #20
  LE TRÉSOR DE BRION #25

Marineau, Michèle
  LA ROUTE DE CHLIFA #16
  Série Cassiopée
  CASSIOPÉE OU L'ÉTÉ POLONAIS #9
  L'ÉTÉ DES BALEINES #10

Martel, Robert
  LOUPRECKA #3

Montpetit, Charles
  COPIE CARBONE #19

Poitras, Anique
  LA LUMIÈRE BLANCHE #25
  LA DEUXIÈME VIE #23

Vanasse, André
  DES MILLIONS POUR UNE CHANSON #8

COLLECTION
C L *i* P

April, Jean-Pierre
  N'AJUSTEZ PAS VOS HALLUCINETTES #4

Barthélémy, Mimi
  LE MARIAGE D'UNE PUCE #5

Bélil, Michel
  LA GROTTE DE TOUBOUCTOM #13

Cantin, Reynald
  LE LAC DISPARU #8

Collectifs
  LA PREMIÈRE FOIS, tome 1 #1
  LA PREMIÈRE FOIS, tome 2 #2
  PAR CHEMINS INVENTÉS #10

ICI #12
LE BAL DES OMBRES #17
TOUT UN MONDE À RACONTER #19
Gagnon, Cécile
L'HERBE QUI MURMURE #7
Laberge, Marc
DESTINS #16
LE GLACIER #18
Lazure, Jacques
MONSIEUR N'IMPORTE QUI #14
Marois, Carmen
LES BOTERO #11
Pasquet, Jacques
SANS QUEUE NI TÊTE #3
L'ESPRIT DE LA LUNE #6
Sernine, Daniel
LA COULEUR NOUVELLE #9
Vonarburg, Élisabeth
LES CONTES DE TYRANAËL #15

COLLECTION
KID/QUID?
Dirigée par Christiane Duchesne

Duchesne, Christiane et Marois, Carmen
CYRUS L'ENCYCLOPÉDIE QUI
RACONTE, tomes 1 à 4

La Série Anne
(NOUVELLE ÉDITION EN FORMAT DE POCHE)
Montgomery, Lucy Maud
ANNE... LA MAISON AUX PIGNONS VERTS
ANNE D'AVONLEA
ANNE QUITTE SON ÎLE
ANNE AU DOMAINE DES PEUPLIERS

ANNE DANS SA MAISON DE RÊVE
ANNE D'INGLESIDE
LA VALLÉE ARC-EN-CIEL
ANNE... RILLA D'INGLESIDE
CHRONIQUES D'AVONLEA 1

COLLECTION
EXPLORATIONS
Dirigée par Dominique Demers

Demers, Dominique
DU PETIT POUCET AU DERNIER DES
RAISINS
Introduction à la littérature jeunesse

Demers, Dominique
LA BIBLIOTHÈQUE DES ENFANTS
Des trésors pour les 0 à 9 ans

Guindon, Ginette
LA BIBLIOTHÈQUE DES JEUNES
Des trésors pour les 9 à 99 ans

DICTIONNAIRE
LE VISUEL JUNIOR
Archambault, Ariane et Corbeil, Jean-Claude
UNILINGUE FRANÇAIS
UNILINGUE ANGLAIS
BILINGUE

THÉÂTRE JEUNESSE
Émond, Louis
COMME UNE OMBRE #2
Pollender, Raymond
LE CADEAU D'ISAAC #1